OREMAS

Maria Thereza de Barros Camargo

OREMAS

Ibis Libris
Rio de Janeiro
2006

Editora: *Thereza Christina Rocque da Motta*
Editor *ad hoc: João José de Melo Franco*
Projeto gráfico: *João José de Melo Franco*
Ilustração da capa: *Caspar David Friedrich (1774–1840) — Monge olhando o mar (1809/1810) — Berlim, Galeria Nacional.*

1ª edição em dezembro de 2006.

Camargo, Maria Thereza de Barros, 1928–
Oremas : Maria Thereza de Barros Camargo. Prefácio de Tavinho Paes. – Rio de Janeiro : Ibis Libris, 2006.
200 p. ; 15 cm.

ISBN 85-89126-86-2

Impresso no Brasil.
2006

Maria Thereza de Barros Camargo
Rua Raul Pompéia, 131 / 608
22080-000 Rio de Janeiro – RJ
Tel.: (21) 2521-6444 Cel: (21) 9965-2115
e-mail: mtcamargo@terra.com.br

Ibis Libris
Rua Almirante Alexandrino, 2746 A
20241-263 Rio de Janeiro – RJ
Tel. (21) 2556-0253
ibislibris@ibislibris.com.br
www.ibislibris.com.br

Associada à LIBRE
www.libre.org.br

SUMÁRIO

INTRODUÇÃO

Tudo começou para que fosse possível falar sobre este sistema de pensamento — o único que ensina como as coisas conseguem ser feitas — de forma não professoral, didática, cansativa, mas agradável, motivadora e aceitável aos que não o estudaram. De repente os escritos ganharam um nome, OREMAS — Orações em poemas, e eis-me aqui com mais de uma centena de poemas versando sobre um único sistema de pensamento — psicortosofia — que defino capaz de ensinar as pessoas como viverem felizes para sempre. Os OREMAS já caminham por conta própria. Já nem sou eu mais que os direciona. Estão entregues ao Divino Espírito Santo que decidirá como será sua edição. Na realidade nem autor nós somos, pois a inspiração não é nossa, mas da própria mente do Divino Espírito Santo. Tudo posso com meu Pai. Em mim — nessa existência — nada sei e nada consigo.

Todos os livros, temas e teses de expansão da mente, de auto-ajuda ou que nome tenham, pretendem nos ensinar como sermos mais felizes. Mas nenhum, de todos que li, consegue explicar como chegar a esse estágio de beatitude em que você se sinta em condição de dizer: "Agora estou feliz e sei como me manter feliz, pois não há *mais feliz*, ou *menos feliz*; há apenas ser ou dexar de ser feliz."

Não se trata de alcançar o nirvana de Buda, mas um aprendizado que faculte a você usar algo — seja que nome tenha — que o faça se ver, olhar o outro e o mundo de forma sadia, alegre e sem sofrimento. Dotar você de procedimentos — não apenas receitas de bolo, é claro — que o levem a um estágio mental que lhe faculte conhecer como você é, conhecer o mundo, conhecer a existência terrena, distinguir a ilusão daquilo que é verdade, escolher seu próprio caminho e conseguir dizer a si mesmo:

Não sou mais vítima de ninguém, nem de mim mesmo.

É o que pretende OREMAS. Que você consiga desfrutar deles tanto quanto eu consegui escrevendo-os.

Muito grata,

Maria Thereza Camargo
Rio de Janeiro, 31 de agosto de 2006

OREMAS — Modo de Usar

por Tavinho Paz

Um lance de dados
jamais abolirá o acaso
Mallarmé

A lição espiritual e o contato imediato com as dobras do oráculo, aconteceram espontaneamente numa das reuniões do evento *Ponte de Versos*, em Ipanema, numa noite muito especial para mim. Apoderou-se de minhas conjecturas e pensamentos esvoaçantes como uma revelação glótica. A condição do sagrado, tal qual foi entrevisto por Mircea Eliade em muitas de suas obras, apresentou-me às suas motivações ao entrar em contato com a realidade, realizando-se como uma adivinhação pura e simples através da poesia. Ninguém duvida que todos poemas, sejam eruditos, acadêmicos ou modernos, carregam nas sombras dos versos que os compõem alguns mistérios da ordem do divino; mas, se alguém ainda disto duvida, atente para o relato a seguir e, sem preconceitos ou subterfúgios, realize a experiência que este livro e suas cartas propõem.

A Experiência

Conforme as regras do jogo daquele sarau literário, eu havia sido indicado no panfleto de divulgação para o *Prato Principal* e teria meus 15 minutos de fama assegurados. Deveria abrir o evento lendo aos presentes uma seleta de minhas poesias. Relacionados e separados em folhas impressas no computador, os poemas ganharam voz e ouvidos. Realizei a tarefa consciente de que aquele círculo tinha características de uma oficina literária e que os poemas lá ditos seriam avaliados em segredo por todos os presentes.

Terminada esta primeira etapa em que outros dois convidados também brilharam com suas récitas, iniciou-se a chamada *Sobremesa*, onde todos os presentes manifestariam suas vocações e declamariam cada qual uma poesia, fazendo a roda girar na aconchegante sala, dando a palavra a todos sem ordem predeterminada. Foi neste momento que, em dúvida sobre o que haviam achado do meu *performance*, mentalmente questionei-me sobre as possibilidades da minha apresentação: *Será que agradei aos presentes com aqueles poemas?* Matutava sobre esta incomoda insegurança quando a embaixatriz *Maria Thereza* começou a ler o que chamava simplesmente de OREMAS: espécie de poesia destinada a surpreender, escavar, esmiuçar e girar em torno do significado de uma palavra escolhida ao acaso, podendo significar desde um sentimento profundo a uma singular emoção. Foi surpreendente o que passou a acontecer: cada verso que ela lia com a voz compassada e monocórdia, dedo indicador alertando aos ouvintes cada revelação lida com olhos reluzentes por trás de óculos necessários à sua respeitosa idade, afirmava o que depois os presentes confirmariam com elogios e considerações sobre a minha participação no colóquio. Aquela bem dita poesia havia tranqüilizado momentaneamente minhas preocupações e administrado um bálsamo refrescante no meu espírito.

Eu poderia ter achado tudo aquilo fruto de uma mera coincidência e esquecido o fato; mas, a roda dos poetas girava qual uma cabala e, mais uma vez a poeta foi atinada a ler uma outra poesia de seu ideário e, cá com meus botões, tive mais uma dúvida, desta vez, engomada por um ceticismo burlesco: *Será que os tais* OREMAS *eram mesmo capazes de projetar respostas para o que estava me atormentando no instante em que cri ter sido atendido por seus versos; ou tudo não passava de aleivosias as quais resolvi conferir um status de verdade passageira?* Incrédulo, fui atingido por uma segunda e certeira flecha. A resposta veio como se aquela senhora nitidamente católica estivesse ouvindo meus pensamentos e ao escolher o poema/orema exato estivesse me assustando com dotes de uma feiticeira pagã, cheia de truques e magias pagãs.

Mantive a calma e aguardei outra chance para testar empiricamente o que em tese parecia ser um absurdo. Na seqüência, o evento entrou em sua reta final com a etapa chamada de *Saideira*, na qual os presentes poderiam recitar mais algumas poesias antes que o evento fosse encerrado. Quando chegou a vez dos OREMAS, antes que a poeta pudesse emitir qualquer palavra, assoberbei-me da cena e propus o que estava fazendo comigo mesmo para todos os demais presentes. Cada um foi incitado a realizar mentalmente uma pergunta e avaliar os versos a serem recitados como sendo uma resposta direta para suas dúvidas secretas e pessoais. Com isso, a minha pergunta interior foi conseqüente: se um mesmo poema pudesse responder tantas e variadas questões ao mesmo tempo, numa só mão de cartas, o poder divinatório que porventura seus versos manipulassem, não pertenceria mais àquela dama e, sim, ao miasma que toda poesia invoca cada vez que é dita, lida ou escrita.

Realizada a experiência primária, o resultado foi tão surpreendente que muitos, espantados e/ou confusos com a coincidência, resolveram testar uma vez mais o oráculo laico que lhes estava contemplando com seus milagres aleatórios. Dispostos a verificar o fundo de verdade que vinha à tona a cada verso dito, realizaram mais uma vez a curiosa experiência. O resultado da repetição foi unânime: todos estavam convencidos de que, dada a formatação dos poemas/oremas, o raciocínio de cada um associado às dúvidas que promoviam atestavam uma eficiência constrangedora àquela poesia. A resposta não era precisa nem determinista; o que acontecia era produto de uma rede de múltiplas conexões estimulada pelas opções conclusivas de cada verso do poema/orema recitado. Um fenômeno que envolvia temas como a sincronicidade e a sinergia das palavras submetidas à pressão metacrítica da poesia. Pura magia!

Durante o ano de 2004, a cada nova edição do evento, os poemas/oremas de Maria Thereza foram confrontados com as mais diferentes perguntas subjetivas, programadas em silêncio e respondidas a partir de associações metafísicas relacionadas à mística que cada poema desenvolve em sua secreta e ambígua formatação. Os resultados perante as múltiplas sabatinas a que foram expostos, garantiam aos OREMAS méritos bastante satisfatórios.

Assim sendo, além da simples leitura deste exuviável livro, a possibilidade dele ser usado como um oráculo leigo, construído como um jogo de adivinhação cheio de oportunidades e premonições exotéricas pode e deve ser praticada *ad infinitum*. Nada é mais prazeroso ao espírito humano do que a dissolução das dúvidas que o afligem, especialmente quando as revelações ocorrem através de uma escolha aleatória, advinda de um jogo ideal, sem vencedores ou vencidos, sem vitórias ou derrotas. Foi assim desde o início e assim será para todo o sempre. A cada OREMA consultado sempre haverá outro que também poderia ser escolhido, pois o efeito que produzem não foi predeterminado pela autora nem pós-definidos por seus observadores. O poder divinatório destes versos só é divino, porque, sem desconfiar ou subtrair os desígnios de Deus em seus movimentos, realiza certos milagres, que, no fundo da alma, dá à fé de cada um a responsabilidade especial de executá-los. A verdade destas experiências baila como um anjo imitando um beija-flor colhendo o pólen das flores das quais se aproxima. Os OREMAS não são apenas poemas; são orações que rezamos para nós mesmos.

Senhores leitores: façam suas apostas. A roleta da vida vai girar e o *croupier* está prestes a lançar sua bolinha na contramão da gira. Preparem-se para um milagre e, quando ele ocorrer, em vez de encerrar a oração com um Amém, digam para si mesmos: ...*Bingo!*

Rio, 19 de agosto de 2006

Dedico OREMAS a mim.

A mim, a ti, a ele, a ela, a nós, a vós, a eles, a elas, a todos, afinal.

Quem somos todos nós? Não havendo estranhos no Reino de Deus, dedicando-o a mim, dedico-o a cada ser vivente – dos três reinos – porque "Deus, o outro e eu somos só Um!"

Não há como ver-nos diferentes, individuais ou separados. É o "Amai-vos uns aos outros" que Jesus – também um de nós – nos ensinou. "Uns" e "outros" são Um só! Estamos juntos e somos iguais a Jesus, porque Ele se coloca em total igualdade conosco, com apenas uma diferença – circunstancial ainda: Ele só leva consigo o que Deus Lhe deu, desde a criação, por já ter posto fora seu ego.

Viveu aqui na Terra, em sua aparência corpórea, para conseguir ser visto por nossos olhos humanos, sem o que não conseguiríamos vê-Lo, pois nossa visão "ainda é muito tênue." Enquanto isso, "apegamo-nos" a "idéias equivocadas" a nosso respeito, que nos tornam – aparentemente – diferentes Dele. Sem essas "idéias equivocadas", que não nos pertencem, ficamos como Ele: inocentes, impecáveis, puros, o Filho Santo do Pai Perfeito, e a diferença entre nós se desfaz – por ser ilusória – e voltamos a ser Um com Ele. Dedicar OREMAS a mim é, pois, dedicá-lo a ti, meu irmão, a todos, pois não há – repetindo – senão Um Pai e Um Filho, por não haver estranhos no Reino.

Escrevi OREMAS para aprendê-los. OREMAS são, pois, um estudo – que não tem fim – que entrego a quem os dedico. Eu o fiz para ti, para todos, sem exceção. Sem a lista de nomes por incluir todos, vê teu nome também nesta dedicatória.

Eis tudo.

RELEMBRAR

No alvorecer
do relembrar,
de que *não* sou, *não* tenho
e *não* estou num corpo,
este corpo que *não* é Dele,
me parece tosco e rude,
desajeitado e impróprio,
inadequado
e estranho a mim.
Como numa grade,
vejo-me limitado.
Como numa prisão,
sinto-me atado e sem vida.
Como algemado,
este corpo
quer me fazer crer
que *não* sou Ele,
que *não* sou como Ele,
nem sou como fui criado
à Sua imagem
e semelhança,
que *não* tenho
Sua natureza,
nem Sua Verdade.
Mas meu Professor
já me fez lembrar:
Sou o *Filho Santo de Deus*,
em Sua Vontade
e Verdade.
Não posso, *não* consigo
e *não* sou capaz
de ser apenas
este corpo que vejo,
pois sou
só Espírito!

NA CERTEZA

Não duvides nunca!
Trajano de Barros Camargo

Na certeza de que já cerraste
cada ínfima fenda
que eu acreditei haver
entre os pedaços
separados e irreconciliados
de Teu Santo Filho,
eu Te sou grata, Pai.
Tua íntegra Santidade
está contida em um
e em todos eles.
E o que está em cada um,
assegura sua união inquebrantável
entre si e Ti.
A partícula que sou eu
Te pertence.
É santa
por conseguir ser reconhecida
como parte do retrato
não visível do Teu Filho,
Imagem do Teu Espírito
e Semelhança do Teu Amor,
o Cristo que habita
a mente e o Ser divino
de cada um de nós.
E por estares em minha mente,
Te dou graças.
Por Teu Filho perfeito
diante de mim,
Te sou grata, Pai,
pois só em Sua glória
consigo ver a minha.
Amém.

AGORA, O MOMENTO

Para Carlos Motta

O que senão "Eu te amo" seria a saudação
de Cristo a Cristo, que só fala consigo próprio?
Helen Schucman, *As dádivas de Deus*

Este é o momento,
de eu dizer, de eu fazer
tudo por ti, irmão.
Não há senão o AGORA,
o meu *momento de poder.*
É aqui, é AGORA,
que tenho de dizer a ti
o quanto és importante
para mim, importante, sim,
para o que estás fazendo,
para os que te amam,
te querem bem, para ti mesmo.
Não deixes que coisa alguma
perturbe o que fazes.
És o mais importante,
mais sábio,
mais experiente
para o que fazes AGORA.
É o que tenho a te dizer.
Faço isso, para que saibas
e jamais te deixes enganar
que exista alguém
mais qualificado
do que tu mesmo
para fazer
o que queres fazer,
nem há nada mais importante
que aquilo
que estás fazendo, AGORA.
Faze o mesmo pelo outro,

aquele que está junto a ti,
ou em teu pensamento.
Se está ali,
é porque ali é seu lugar.
Faze-o. Faze isso.
Dize-o já. Faze-o agora.
Ele está à espera
do que tens a lhe dizer,
à espera
para se unir a ti em teu amor.
AGORA é o momento.
Não retardes
para quando estejas
para partir.
O derradeiro instante chega
e pode não haver mais tempo.
Dize-o, então,
junto comigo,
AGORA,
assumida e profundamente:
EU TE AMO!

ANFITRIÃO

Que escolhes?
Ser refém do ego
ou Anfitrião de Deus?
UCEM

Pensei um dia
ter a Espada
da Justiça de Deus
em minha mão.
Armado,
caçava relapsos
e transgressores.
Quando vi
que nada tinha:
Ah, que alívio!
Depois,
achei que presidia
Seu Tribunal de Ensinamento,
encarregado de incutir
no mundo a Sua Palavra.
Ufa!

Já me dei conta:
não sou catequista.
Vigiando atento,
não quero me tornar
refém do ego.
Estou na certeza, hoje,
de ter aceito ser
Seu Anfitrião:
sou apenas
e nada mais do que isso:
o Filho Santo de Deus!

ÂNIMO

A depressão é um sinal da aliança
com o deus da doença...
T-10.V.1:1

Estou sem ânimo, dizes.
Foram-se quase todos.
Fiquei aqui, sobrando...
concluis.
Confirmas, assim,
que fizeste em tua mente
uma aliança de isolamento.
Negas a verdade em ti.
Enxotas de teu pensamento
o teu Ser verdadeiro.
Convidas
o arremedo que criaste.
Consultas o farsante que,
a teu convite,
se faz passar por ti,
mas não amas.
Seus rituais estranhos,
muito exigentes,
excluem a alegria.
Vê por ti mesmo:
o deus da doença
agora se fez teu aliado.
Escolhe outra vez!
Sai dessa projeção infernal:
não há ninguém
te atormentando.
Volta a ouvi-Lo.
Tua crença em doença se vai.
Não compartilhes o desamor.
No congresso da depressão,
rege o desalento.
Na festa do amor,
reina a alegria.
O amor perfeito é teu

e está em toda parte.
O sofrimento,
um estranho a ti,
não tem onde abraçar-te.
Desperta!
Ou és Santo...
Ou nada!

ATENDIDO

Tudo pedi e fui atendido.

Lamento e choro.
Reclamo e protesto.
Aponto e indico.
Dedo em riste,
julgo e condeno.
Sigo, incauto, vítima inocente
do que me cerca e me infelicita.
Abatido e arrasado,
gratifico-me
na impotência.

– Vê o que fizeste de mim?
O que não quero reconhecer
toma-me de assalto o pensamento:
por que me recuso saber
que tudo pedi
e fui atendido?

Com o que bloqueio
meu despertar?

A QUEM? COM QUEM?

Não há estranhos no Reino.

Falas, poetizas e cantas,
filosofas, exortas,
engrandeces seres viventes,
em ditos e poemas,
laudas e glorificações.
Sofres a ausência,
reclamas a presença,
escolhes ficar,
pedes o retorno,
anseias pela união
que crês te faltarem.

Ou, então,
culpas e condenas,
criticas, julgas e enxotas,
expulsas, atacas e agrides,
guerreias, persegues
e matas.

Ou, ainda,
amas, depois odeias,
queres, depois descartas,
chamas, depois expulsas,
preservas, depois trucidas.

A quem fazes?
Com quem disputas?
Tudo é só Um!
Esse outro és tu mesmo,
só há Ele,
és tu que falas Contigo mesmo.
O resto é o nada.
Lembra-te:
Não há estranhos no Reino!

BUSCO E ENCONTRO

Ter razão nada me dá.
Só quero ser feliz.

Hoje busco o meu bem.
Ris! Duvidas!
Isso em nada muda
a verdade.
Meu bem está aqui
ao meu lado.
É meu!
Quero, busco, aceito,
reconheço e recebo:
já é meu...
...sempre foi meu.
Penso:
– É meu poder maior.
Junto dele, ponho
a minha crença de amor.
Dessa união, faço
a minha ONDA DE PODER.
Com ela, vou por aí:
removo montanhas,
salvo, curo
– a mim e a todos –
faço o cego ver,
o mudo falar,
o morto ressuscitar.
Não... Não duvides nunca!
Busco o meu bem,
encontro o meu bem.
Vigio a minha mente.
Só deixo entrar
e nela ficar... a felicidade.
Não importa, repito.
Podes rir e duvidar,
seguir rindo e caçoando,
porque eu – haha! –
só busco o meu bem.
O bem sempre foi meu.

Quero só o meu bem,
aceito só o bem,
escolho estar só no bem,
prefiro viver só no bem.
Ter razão nada me dá.
Só quero ser feliz.
Ser feliz é perdoar
– desfazer ilusões
que tornei reais –
buscar o meu bem,
encontrar a minha paz,
cumprir o meu propósito:
AMAR A TODOS
COMO ELE ME AMA.
Sabias?
Ele te ama assim como me ama!

COMO?

Não estou sozinho ao experimentar
efeitos de como penso e vejo.
E-pI.18-19

Penso e vejo por escolha
em meu livre-arbítrio.
Pensamentos aumentam
por serem dados.
Mentes são unidas
por natureza.
Pensamentos atuam
por criação.
Nunca estou sozinho
ao experimentar efeitos
de como penso e vejo:
me enlaçam,
alcançam todos.
Como imagens
em espelhos paralelos,
o pensado e o visto
seguem se repetindo.

Tenho de vigiar escolhas
do meu pensamento e visão!
Muito cuidado!
Penso e vejo, simultaneamente,
por fundamento.
Por causa e efeito,
todos são afetados
pelo que penso e vejo,
eu, inclusive.
Todos inclui a todos,
sem excluir ninguém,
não importa onde estejam.
Atenção!
Não há quem escape
do que penso e vejo.
Porque quero vê-los,
neles eu penso.

Porque neles penso,
eu os vejo.
Só saio disso
pensando certo,
pensando com Ele: Amor.

COMO SOU

Sou santo,
Contigo.
Sou perfeito,
como Tu és.
Sou pleno,
Tu me completas.
Sou completo,
Tu me crias.
Sou seguro,
Tu és certo.
Sou paz,
que me dás.
Sou espírito,
a Tua imagem.
Sou amor,
à Tua semelhança..
Sou luz,
a Tua luz.
Sou feliz,
a Tua eternidade.
Sou Um,
a Tua perenidade.
Sou o Filho,
Tu, o Pai.
Sou único,
Teu Filho.
Nada me carece,
nada me preocupa,
nada me assusta,
nada me apressa,
nada me tenta,
nada me comanda:
não duvido nunca.
Só Deus me manda!

COMUNICAÇÃO

Tenho de parar de atacá-lo!
Nada há fora da mente.
Nada mais há em lugar
ou em tempo algum!
Só falo comigo.
Sequer me ouves.
Só digo a mim.
Sequer me entendes.
Só vejo a mim.
Sequer me vês.
Que me ouças,
me entendas, me vejas,
anseio sem conseguir.
Fazes o mesmo.
Não nos encontramos.
Só nos atacamos.
Pela voz, pelo intelecto e nos olhos.
Insisto em alcançar-te
com o corpo,
sentidos e percepção,
de nada adianta.
Desespero me ensandece.
Decepção me entristece.
Desânimo me ensombreia.
Ataco, revido, me recolho.
Me retiro.
Me escondo.
Faço por ficar só.
Jamais consigo estar só.
Trago comigo tudo e todos,
que, a todo instante,
me dizem:
Só ouves a ti, só entendes a ti,
só vês a ti.
Afinal, me relembram:
Somos só um!
E o bruxedo se desfaz.
A mente
só alcança a si mesma!
Só quando nos vemos

como e quem realmente somos,
conseguimos nos encontrar!
Desfaz-se a *persona*.
O Ser é visto ali mesmo!
Já O viste?
Nada de matéria nem corpo.
É só luz!
Agora me ouves,
me entendes e me vês.
Te ouço, te entendo e te vejo.
Graças Te dou, Amor Perfeito,
pelo Ser Divino diante de mim,
que sou eu também.
Quando O vires,
jamais te esquecerás.
Não O ataques!
Tu te apartarás da Paz!
Dá-Lhe Amor.
É tudo que temos...
É tudo que somos....

CONTEMPLO

A santidade só é vista por olhos santos.
T-31.VII.11:3

Ver com os olhos do corpo é desejo.
Nada cria.
Olho com amor
ou com ódio.
Minha escolha
me une ao que vejo,
ou me mantém separado.
Vigio.
A tentação reflete apenas,
o desejo de ser o que não sou
e me ensina
que sou o que desejo ser.
A tentação
é só um desejo insano,
e seu significado
é loucura, dor e morte.

Saio do inferno
tirando dele o meu irmão
seguro pela mão.
A visão santa
vê a inocência da salvação
em todos os lugares.

Olhos calmos e abertos
vêm inocência sempre.
Neste mundo,
existe o Céu e o inferno.
Dentre os dois
só escolho um de cada vez.

Qual dos dois escolheste hoje?

CORRESPONDÊNCIA

Sou eu quem interpreta
o fato, a palavra, o gesto.
Sou eu quem convida
o pensamento à minha mente.
Sou responsável pelo que vejo.
Sempre sou eu só
que creio no que acredito.
Sou eu e somente eu
que insisto em me atormentar
ou, então, me sentir feliz.
Sou eu.
Só eu quero tornar real
o que não tem realidade.
Um medo, um temor,
e tudo fica negro.
Sombras, ruídos, olhares,
intenções,
tudo interpreto e crio o medo,
para me enganar de que eu não seja
quem sou,
só para me assustar.
Não há ninguém lá fora,
Não há estranhos no Reino.
Sou eu
que torno real o que não tem realidade.
Tenho de esquecer o que aprendi
e me lembrar o tempo todo:
Só o que tem
correspondência em Deus
é real.

CUIDANDO

Pessoas santas confiadas ao meu cuidado.
T-31.VII.8:3

Encarregado do meu irmão,
vejo o que ele crê precisar.
Amor e misericórdia dou,
porque assim fui ensinado.
Ele chora?
Enxugo suas lágrimas.
Ele sangra?
Estanco sua ferida.
Ele precisa?
Supro sua falta.
Sei, porém,
que ele já tem tudo,
que tudo já lhe foi dado.
Crente em carência,
sai mendigando por aí.
Atendo, sem compartilhar.
Vejo os Grandes Raios,
a sua luz que a tudo ilumina.

Pela Mente Una
que habitamos,
oro:
Crê para ver.
Atendes a teu irmão?
Vês os Grandes Raios
que partem dele?

Vês os teus Grandes Raios?
Sabe que, como ele,
também és, somente Luz!

CUIDADO

Para que me cuides.

Descuido de tudo
para que me cuides.
Entrego tudo,
pois de nada me serve.
Dá-me
o que já tenho.
Fala-me
do que já ouvi,
dize-me o que já sei,
que faço
que ele sou eu,
por não conhecer.
Lembra-me
que sou ele,
que somos, eu e ele,
como Tu és,
o que Tu és.
Contigo criamos.

Sem Ti, nada podemos,
nem sabemos,
tampouco conseguimos
coisa alguma.

DECLARAÇÃO DE LIBERDADE

Não sou vítima do mundo que vejo.
E-pI.31

Minha independência
proclamo como peço.
Declaro liberdade,
ou contrato servidão
por querê-la.
Dizer:
Não sou vítima
do mundo que vejo,
me conduz à liberdade.
Vítima, me torno escravo,
servo do poder
a quem me submeto
por minha escolha.
Dedo em riste, vítima me faço,
acusando o vitimador,
a quem me algemo.
Vítima, me nego a Paz,
escondo-me do amor,
aninho-me no medo,
fugindo da culpa e do pecado.
Não querer ser vítima
é o que me compromete
com a liberdade.
Nego a tentação
de me aprisionar num cativeiro.
Livre não se faz vítima.
A liberdade começa
em minha mente,
realiza-se no meu perdão,
mostra-se na minha paz.
Paz é liberdade.
Liberdade traz o amor.
Fora do sonho de pesadelo,
me liberto e sou curado.
Consigo dizer:
Não sou vítima

do mundo que vejo.
Nego a tentação, nego o medo,
nego a escravidão, nego a morte,
recupero o Amor,
a Paz e o Bem.
MINHA LIBERDADE
É A LIBERDADE DO MUNDO.

Quando queres deixar de ser vítima?

DESCUIDANDO

Todos são chamados,
mas poucos escolhem ouvir.

"Anda descuidado
de todas as coisas",
me dizes.
Custa-me entender.
"Nada tens a fazer,
tudo está pronto",
me repetes mais uma vez.
Mas é assim?
"Deita-te e descansa.
Fica em Meu colo,
repousa em Mim",
insistes.
Isso tenho de conhecer!
Ainda não curei minha mente,
por certo.
Ainda não vejo!
Faze-me ver!
Ensina-me!

Ah!... Afinal!...
Grata Te sou, Pai,
agora sei!
Vou correndo
dizer a todos.
Ouviste?
Ouviste?
Ouviste?
Anda descuidado,
ouviste?
Nada tens a fazer,
ouviste?
Repousa em Mim,
ouviste?

DESCUIDADO

Não há estranhos no Reino.

Vai descuidado,
impávido colosso!
Do que te circunda,
nada te importes.
Dize, apenas:
Sou responsável
pelo que vejo,
responsável
pelo que sinto.
Tudo diante de mim é falso.
Interpreto,
sinto tudo a meu modo,
depois, choro, estremeço,
sinto medo.
Por vezes, consigo...
...até mesmo rir.
Entende:
tudo é interpretação tua.
Diante de ti ou em teu pensamento,
o cenário está disposto
de acordo com tua escolha.
Lembra-te: escolher é querer.
Que queres ver?
Paz, felicidade,
ou infortúnio e tormento?
Escolhes de modo equivocado,
depois, te lamentas:
Me perseguem,
me prejudicam.
Ao escolheres, pedes.
Pedindo, recebes,
mas esqueces que pediste.
Sofres, choras, lamentas:
Foi ele... Foi ela...
Foram eles...
Vê!... Não há ninguém lá fora!
Não há nem lá fora, aliás,
senão o que vês aí,

dentro de ti.
Cuida bem, impávido colosso:
tu és tudo, tens tudo,
nada te falta.
Vai descuidado!
Jamais conseguirás
ser abandonado!
O colo Dele é só teu.
DESPERTA!

CERTEZA

Não precisas pensar em nada,
descuidado de todas as coisas...
T-20.IV.8

Tudo está feito,
resolvido e acabado.
NADA PRECISO FAZER.
Nessa certeza,
o mundo me repele.
"Estás louco",
é o mais gentil que pensam,
mas não me dizem.
"Não é bem assim",
arriscam, se algo disserem.
Nessa verdade,
mergulho:
NADA PRECISO FAZER.
Fazer é ação.
Age quem pensa haver
algo em falta.
Crença em carência!

Se tudo se encontra
feito e completo,
pronto e terminado,
para minha paz e meu bem,
que me resta fazer?
Nessa certeza
repousa a unicidade:
unicidade é integridade.
Integridade é unidade.
Unidade é certeza.
Certeza é Céu.
Ausente de preocupação,
tenho certeza:
NADA PRECISO FAZER.
Das insignificâncias
às relevâncias,
tudo que me circunda

já está feito e pronto.
Aquieto-me para ver
o que a ansiedade vela.
Silencio-me para ouvir
o que o tumulto confunde.
Tranqüilizo-me para saber
o que o caos oculta
por trás do véu de ilusão
que fiz descer sobre mim.
NADA PRECISO FAZER.
Enquanto penso
que esteja aqui, ainda,
ando descuidado
de todas as coisas,
entrego
deliberações e escolhas a Ele,
SEM NUNCA DUVIDAR
DE COISA ALGUMA.
Por mim mesmo – *sem* Ele –
não sei nem quem sou!

DESISTIR

Se eu desistir,
eles é que terão conseguido
me modificar.

Passavam os anos,
e ele continuava lá.
Afirmava sempre
a sua verdade.
O mesmo propósito,
convicção e certeza,
firmeza e disponibilidade.
Ouvi-lo era convencer-se
de sua argumentação.
O mesmo tema,
quase sempre as mesmas palavras,
toda a vez.
Não era
missionário religioso,
mas falava de fé, de amor,
de beleza, paz e bem,
de felicidade e harmonia,
dando destaque ao perdão.
– O perdão
é a chave-mestra.
Abre portas,
aplaca tempestades,
cessa a chuva,
abranda ventanias.
– Não há paz sem perdão.
– O perdão tudo cura:
desfaz as ilusões da mente,
corrige os níveis
de equívocos do pensamento,
faz retornar tudo
à sua grandeza real,
distingue a ilusão da verdade
nos relacionamentos.
Pela cidade, circulava,

regularmente,
outro cavalheiro.
Dedicado,
ouvia-o sempre.
Palavras verdadeiras, pensamentos corretos,
sentimentos autênticos
prendiam a sua atenção,
memorizando os argumentos.
Certo dia,
assim que terminou de ouvi-lo, indagou:
– Tua segurança é total,
porém, a mudança que pretendes,
quando virá?
Nunca desistes?
– Não posso.
Se eu desistir,
eles é que terão conseguido
me modificar!

EFEITOS

Não estou sozinho
ao experimentar os efeitos
dos meus pensamentos.
E-pI.19.

Olhos abertos, vejo.
Eu enxergaria sem olhar?
Vendo com meus olhos, penso.
Pensando, o que faço?
O pensamento
e o resultado dos meus pensamentos
são simultâneos.
Causa e efeito andam juntos.
Mentes unidas
impedem a privacidade...
Os pensamentos
não são privados!
O pensamento cria sempre
forma em algum nível.
Dos meus pensamentos,
resultam efeitos, sempre.
Sozinho não estou jamais...
Na unicidade das mentes,
nada é oculto.
É duro reconhecer isso.
Como esperar privacidade,
se a Mente Una a desfaz?
Por que privacidade,
se somos todos Um?
A meu lado,
meu irmão recebe, inexoravelmente,
os efeitos do que penso,
real ou ilusório,
mesmo que ele não o saiba.
Meu irmão é toda a Filiação.

Tenho de vigiar o que penso.

Atenção! Cuidado!

Nunca estou sozinho
ao experimentar os efeitos
dos meus pensamentos!

Devo fazer ao outro
o que quero que seja feito a mim.
Nada fica fora da Mente Una!
Fora da Mente Una
é o NADA, a inexistência.
Onde estou?

Onde estás?

Quem sou?

Quem és?

ESTÁ

Deus está em tudo o que eu vejo,
pois Ele está em minha mente.
E-pI.30

Subo e salto
do trampolim.
Quero ver!
Para que eu veja
o que nunca vi antes,
tudo se abre.
Treino ver o que está
em minha mente.
Reconheço o que está lá,
e a isso me uno.
Vejo o que quero,
ou esta é a visão real?
Perto e longe
não pertencem à visão real.
Ilimitada, a visão real
nada recebe
dos olhos do corpo.
A mente é minha única fonte.
Olho para dentro,
treinando enxergar
o que os olhos da face
não vêem.
Deus está em tudo que vejo,
pois está em minha mente.
Olhos fechados,
vou treinando...
...até aprender...
Quero vê-Lo...
...pois Ele está em minha mente!

ENTENDER

Para ficar vivo.

Ainda não entendi.
Mentiram,
falsearam, traíram...
E não foi tudo:
prejudicaram,
inventaram, roubaram...
Me revolto,
sinto raiva,
estou pronto para o revide.
Desejo vingança,
denúncia,
prisão!
Isso não se faz!
Pôr tudo de lado?
Tenho de deitar tudo fora?
Juro... Ainda não entendi.
Quero reconhecer:
tudo o que vejo não é real.
Em defesa... Ataco.

Se ataco... Estou no medo.
No medo...
...estou fora do amor.
Fora do amor... é ilusão.
Na ilusão... estou morto.
Perdoar é reconhecer
que nada do que vejo é real.
Só o que Deus criou
é verdadeiro.
Só amor é verdade.

Quem não dá amor,
está pedindo amor.

Perdôo...
Porque estou no medo.
Perdôo...
Porque nada do que vejo é real.
A quem pede amor,
dou amor.

Sou só Amor.

Fora do amor nada é real.

Perdôo... Nada aconteceu.
Perdôo... Ilusão não existe.
Perdôo... Tudo se desfaz!
Só a verdade perdura.
Perdôo... Sou só luz.
Perdôo... Sou só amor.
Começo a entender...

Tenho de treinar... Não há mentira,
Tenho de treinar... Não há traição,
Tenho de treinar... Não há transtorno,
Tenho de treinar... Não há problema.

Assumo-me:
sei quem sou,
consigo perdoar...
Quero perdoar...
...para ficar vivo.

EXISTE?

Se Deus não conhece, não existe.
T-30.XI.6:1

Enxergas o que vês?
Vês o que enxergas?
Interpretas e avalias
de acordo com o passado.
Analisas e concluis
por tuas crenças
e nada faz sentido.
O significado do que vês
te escapa.
A mídia transcreve,
o leitor crê,
o grupo comenta.
Tudo vira fato.
A psicologia descreve,
a ciência detalha,
a sociedade acusa,
a testemunha atesta,
a polícia prende,
a justiça julga,
o tribunal condena,
a sentença ordena.
A câmara registra,
a fita grava,
o aparelho reproduz
e tudo se faz real
a olhos que nada vêem,
a um entendimento sem sentido,
a um conhecimento que esqueceste.
Bloqueios e obstáculos,
equívocos e boatos
ocultam a paz.
E o medo se instala.
Teus olhos... O que são?
Tua visão... O que é?
Tua interpretação... O que diz?
E o medo cresce.

Onde está a saída?
Dor, sofrimento e medo,
Deus não os fez.
Ele só cria amor.
Ele é só amor.
                    Fica tranqüilo
                              e lembra-te:
o que Deus não conhece
é ilusão da mente,
fantasia do sentido humano.
                              Fica em paz...
O que Deus não reconhece...
...não existe!

FAZE-ME

Teu Plano é o meu,
senão nada tenho.

Faze-me ver,
o que ainda não vejo,
sentir
o que ainda não sinto,
entender
o que ainda não entendo,
para ser útil
como me disseste para ser
o tempo todo.

Humano ainda,
quero ver, sentir e entender,
além da minha visão,
emoção e entendimento terrenos.
Faze de mim
um ser vivente,
consciente do Teu Plano,
Missão que assumi,
que escolhi,
e me determinei a cumprir
ao aceitar vir até aqui.
Amém.

FAZER

Nada tenho a fazer.
Tudo está pronto e feito.

Se tudo
está pronto e feito,
o que me resta fazer?
Meu alimento
mata a fome
que não retorna!
Dispensa comer!
Minha água
sacia a sede
para sempre.
Dispensa beber!
Nunca nem Salomão
cobriu-se melhor que tu.
Dispensa vestir!
Nunca deixaste
a casa do Pai
que habita na Paz.
Dispensa o teto!

Se nada preciso comer,
nem beber,
nem vestir, nem onde morar,
o que mais devo buscar?
Mantendo-te no Reino,
tudo o mais
já te foi acrescentado.
Dispensa
dinheiro e emprego,
o supérfluo e o perecível,
o ameaçável e o irreal,
pois, em realidade,
só te foram dados,
porque crês que precisas deles,
enquanto pensas que estás aqui.
Rendo-me.
Nada mesmo
tenho a fazer,

querer ou buscar,
desejar ou pedir.
Resta-me o privilégio
de usufruir e estender
o amor, a paz e o bem,
realizar a minha vontade,
que é a Dele:
Ser Feliz!

FEITO

Não preciso fazer nada!

Nada me atinge.
        Criaram-me inviolável.
Nada tenho a curar.
        Tudo é são.
Nada falta.
        Tudo foi recebido.
Nada ficou.
        Jamais esteve.
Tudo já está aqui.
        Sempre esteve.
Nada há a pedir.
        Tudo já foi dado.
Nada há a esperar.
        Tudo já chegou.
Nada há a querer.
        Tudo tenho.
Nada há a salvar.
        Tudo já está salvo.
Nada foi perdido.
        Tudo está disponível.
Nada foi esquecido.
        Tudo é lembrado.
Tudo temos.
        Sempre o tivemos.
Nada há a acontecer.
        Tudo já aconteceu.
O bem perene
        sempre existiu.
O mal ilusório
        nunca existiu.
Mesmo assim,
        espero
        que aconteça,
        que apareça ou chegue
        o que já é meu,
        que não consigo ver.
Tudo sempre esteve comigo,
        mas insisto em não ver.

Desvendo e reconheço, afinal,
que já estou, ou melhor,
que nunca saí
do lugar onde sempre estive.
Nada tenho a fazer,
nem a esperar.
Tudo já é meu,
e já está comigo.
Julgando, me torno cego!
Para ver, tenho de deixar
de ver a culpa no outro.
Vendo-o impecável,
perfeito e santo,
consigo ver a mim:
somos todos só Um!
Sem véus, nem esquecimentos,
quero ver:
sou o Amor Perfeito,
de que sou feito.
Sou o Amor Incondicional,
que me compõe.

Sou o Amor de meu Pai,
que me criou.
Ele e eu somos Um.
Sou como Deus me criou.
Sou tudo o que Ele é.

FICA!

Sentados no colo do Pai estamos todos
e Ele ainda joga estrelinhas sobre nós.
Álvaro Leopoldo do Nascimento Filho

– Fica!
Indeciso, páras.
– Fica comigo!
Incerto, olhas.
– Fica aqui comigo!
Curioso, esperas.
– Vem ver a luz,
o brilho, o fulgor
que tudo tem daqui!
Interessado, demoras.
– Dá-me a tua mão!
Rendido, aceitas.
– Fica comigo em Seu Colo!
Surpreso, olhas.
– Vê! Ele ainda
atira estrelas sobre nós!
Incrédulo, verificas.
– Fica! Em Seu Colo
só há Paz.

Convencido,
estás aqui comigo agora.
Sentados juntos,
em uníssono, repetimos:
Não quero mais ter razão.
Em Seu Colo tudo é paz!
Agora só quero ser feliz.

GARIMPAGENS

Tudo está pronto.
Nada tenho a fazer.

Luz e escuridão, tudo e nada
não se conciliam.
O pensamento vacila e duvida,
e nada sabe.
Sei que sou bom.
Mas como será,
se eu não for?
Permito a entrada
e mantenho na mente
duas possibilidades,
que se excluem
e tudo emperram.
Crenças
me levam ao que acredito.
Dúvidas estacionam,
erráticas, ocultam e confundem.
Estive sem certeza
e sem confiança.
Só o decidido se move,
mesmo errado.
Vai e volta, o mesmo pensamento:
Sei que sou bom.
Mas como será,
se eu não for?
Quero sair disso.
Tudo está pronto!
Para vê-lo, basta a certeza.
Nada tenho a buscar,
senão a escolha conciliada:
luz e não escuridão,
tudo em vez de nada,
vida e não morte.
Uma é real, outra, ilusão.
Uma conduz, outra confunde.
Uma é amor, outra, medo.
Uma é Verdade, outra mentira.

Daquilo que quero,
Deus não me salva,
apenas espera
que eu escolha outra vez,
tantas vezes quanto for necessário,
até que eu chegue à Verdade,
ao que tenha
correspondência Nele.
Nada mais há a fazer.
Nada mais me contenta,
senão a Sua vontade.

ÍDOLOS

Tens vontade universal sem limites.
T-30.III

Com ídolos,
especificas e te limitas.
Crês na felicidade das formas,
descartas o conteúdo.
Integridade amorfa
e ilimitada.
Segues crendo
tudo atingir na limitação:
"Não preciso de tudo".
"Quero este pouquinho".
"Será tudo para mim", dizes.
Com ídolos, pedes a perda.
Ídolos ocultam tua completude.
Tudo já é teu,
nada perdes.
Que ídolo consegue te dar
o que já tens?
Não é a forma que buscas.
Não é o ídolo que queres,
mas o que pensas
que ele te oferece.
Os pensamentos parecem ir e vir.
Por vezes, estás ciente deles,
outras, não.
Fica atento:
os pensamentos de Deus
estão além de mudanças,
sempre brilham,
não esperam nascer,
só receber as boas-vindas,
e serem lembrados.
Além de todos os ídolos,
está o Pensamento
que Deus mantém de ti.
Seu Pensamento de ti
é uma estrela imutável

no Céu eterno.
Quieta, branca e bela,
brilha por toda a eternidade.
Ídolos ocultam
aquilo que és em tua mente,
mas não na Mente de Deus.
Vê bem:
andas inconsciente
de tua realidade.
Fica atento! Vigia!
Nada que Deus desconhece, existe!
O que Ele conhece,
existe por todo o sempre!

Que ídolos acolheste hoje?

IMAGENS X PENSAMENTOS

Meus pensamentos são imagens que fiz.
E-pI.15

Imagens aparecem
em minha mente,
me fazem pensar que penso.
Assim é minha visão:
faço ilusões do que vejo.
Fazer imagens
não é a visão real.
Pensamento é dom.
Eu não o criei.
Pensamento
é todo o meu poder
doado a mim pela Graça.
Pensamento real
só pensa amor.
O irreal
só constrói imagens.

Como pensei hoje?
Quanto amor esteve hoje
em meu pensamento?

E no teu?

FEITIO DE ORAÇÃO

Tudo que parece me acontecer,
eu peço e recebo conforme pedi.
T-21.II.2:5

Não há realidade
no que meus olhos me mostram.
Não há verdade
no tumulto que me cerca.
Não há coisa alguma
no ataque ao meu redor.
Nada ocorre à minha volta
que não seja minha escolha.
Tudo pedi e assim recebo.
Só tenho de saber:
Real, só o amor,
Verdade, só a paz,
Bem, só o que vejo.
Estou desperto, pois já sei:
minha fonte é a do Pai,
meu Ser é só o Cristo,
minha natureza é a Santidade.

Que tenho a temer?
Desperto me mantenho,
pois escolhi
ouvir só a Tua Voz,
ver só o Teu Amor,
reconhecer só a Cristo
em ti e em mim.

Escolhi saber
que és Santo como eu,
como Ele nos criou.
Estou em vigília!
Não há pecado,
não há cravos,
não há coroa de espinhos.
Meu irmão afastou o sofrimento
que pensei ter

ao ver a sua impecabilidade
em mim.
Meu irmão sou eu.
Sou o meu irmão.
O que vejo nele,
vejo-o primeiro em mim.
Nisso está
a tua imagem e semelhança
com o Pai e comigo.
Somos só Um.
Dá-me a tua bênção,
Filho Santo de Deus.
Quero contemplar-te
com os olhos de Cristo.

Não há estranhos
no Reino.

Amém.

INFALÍVEL

Escapo do mundo que vejo,
desistindo dos pensamentos de ataque.
E-pI.23

Vingança e perseguição
por todo o lado... É o que parece.
Revido e me defendo
por segurança... É o que faço.
Assim vejo o mundo:
agressão e violência,
ameaça e medo,
luta e tormento,
revolta e sofrimento.
É esse o mundo que quero?
É o que minha mente
agitada e insana
projeta pelo que pensa
em função do que vê, porque crê.
Não quero mais.
Quero mudar.
Quero paz.

A agitação em minha mente
eu mesmo coloquei lá
para vê-la fora depois
e, dedo em riste,
culpá-la por meus infortúnios
que eu mesmo pedi.
Saio da ilusão.
O amor me mantém
sem medo.
Há calma,
quando me aquieto,
certeza e verdade,
quando abandono o ataque,
amor, paz e bem,
quando escolho ser feliz.
Vigio, atento:
Quero pensar certo.
Ele é só Amor... E eu também.

INSANIDADE

Rumo certo

"Insano!"
"Enganam-te e nada fazes!"
"Não crêem no que dizes
e não te importas!"
"Riem,
quando sugeres perdão!"
"Nem reages, pareces dormir!"
Isso só me confirma:
estou no rumo certo!
Insano é quem crê em ilusão,
aceita a carência
como condição,
fica surdo à liberdade,
torna real
o que não tem realidade
e, em sonhos, esmurra o nada.
Agradeço,
pois assim me dizem:
a paz segue sendo minha.

Estou a caminho da cura.
Não me gratifico mais
ao ver o irreal.
Agradeço a todos
a confirmação:
estou conseguindo aprender.
Mas também sei:
há ainda tanto a aprender.
Aí, então,
agradeço ainda mais.

INVENÇÃO

Eu inventei o mundo que vejo.
E-pI.32

Pensando sem meu Professor,
invento situações
por aí.
Causa e efeito regem tudo.
Inexorável e imutável,
a causa traz sempre o seu efeito.
Verdadeira ou ilusória,
a causa leva, sem falta,
a seu efeito,
real ou falso, como causa.

Sem me fazer de vítima
da situação que invento,
consigo desistir dela,
porque eu a inventei.
Vejo-a ou não,
se eu desejar.
Enquanto a quiser, verei.
Se eu não a quiser,
deixarei de vê-la.

Interior e exterior,
meus mundos são o mesmo,
fazem a minha circunstância.
O que vejo dentro de mim
é o que verei fora de mim,
sem erro ou diferença.

Na aflição, digo:
Inventei esta situação
exatamente como a vejo.
Aflições não têm
correspondência em Deus.
Se não há
correspondência Nele,
não é real... Não existe.

Restabeleço a minha paz.
O Professor corrige,
me ajuda a ver.
A visão dos olhos do corpo
ainda é muito tênue...
Não consegue enxergar direito.
Estou aqui para ser feliz.
No infortúnio,
desisto de imediato...
para não ter mais de vê-lo.

Que tens inventado por aí
para te afligires?

INVENTEI

Eu inventei
o mundo que vejo.
E-pI, 32

Invento e faço.
O privilégio é meu.
Ao meu prazer,
vou inventando por aí
dores e sofrimentos,
tristezas e desenganos,
infortúnios e depressões,
doenças e mal-estares,
malefícios e solidões,
até tornar minha existência
um completo inferno.
O que vejo fora
é o que tenho dentro de mim.
Custa-me crer nisso.
Vendo-os separados,
parecem diferentes,
mas são o mesmo.

Se me aflijo, logo digo:
Inventei esta situação
exatamente como a vejo.
Olhando para dentro
e para fora de mim,
reconheço que sou eu mesmo
que inventa
o tormento
em que penso estar.
Que idiotice!
Isto não precisa ser assim!
Não quero mais esta
situação!
Também posso
"desinventar" tudo isso!
O arbítrio é só meu.
Crio amor e alegria,

felicidade e paz,
tranqüilidade e doçura
ao querer.
"Desinvento" tudo logo.
Retorno à paz no mesmo instante.
Não sou vítima
de coisa alguma
nem de ninguém,
senão de mim mesmo.
Por que faço isto?
Porque eu quero!
Quero mesmo me sentir infeliz?
Se não me sinto feliz,
"desinvento" a infelicidade
que coloquei diante de mim
para me atormentar.

Que andaste inventando hoje
para te atormentar?

JURADO

Tu, que foste jurado
para viver de amor,
insistes em achar
que estejas jurado
para viver de solidão.

Tu, que sabes como ser feliz,
insistes em pensar que só tens
infortúnio e perseguição.

Tu, que recebeste
todas as dádivas,
persistes em dizer
que precisas tirar do outro
o que pensas te faltar.

Tu, que tudo conheces,
insistes em buscar
o que pensas que precisas saber
no desconhecido.

Desperta!
Sai da cegueira!
És só abundância,
sabedoria e tranqüilidade,
paz, felicidade e amor.
Jamais conseguirás,
em tempo algum,
ser ou estar só.

Ergue o véu e vê:
o amor está em toda parte,
e o sofrimento
não tem onde estar.

Toda a paz é tua!
Estou contigo
em todos os lugares.
Não Me negues mais!
Tu foste jurado
para viver só de amor...
...Comigo.

LIBERA

O perdão é a chave da liberação do tempo.

Quadro, fotografia,
carta, bilhete, objeto,
passado concreto
penduro na parede,
alinho na prateleira,
disponho na estante,
colo no álbum.
    Fato, momento,
    ocorrência, palavra,
    passado abstrato
    guardo na lembrança,
    arrumo na mente,
    acomodo em recordação,
    registro na memória.
Busco o que já foi
para o agora.
    De que vale?
Passado é inconsistência.
Matéria impermanente,
parece real.
Grata memória guardo
pelo doce sabor.
Memória ingrata descarto
pelo travo de horror.
No perdão,
descartamos memórias
e aprendemos
que "o passado se foi"
e "a loucura não fala mais".
"O que não foi perdoado,
chama de um passado
que se foi para sempre."
    Retira
o que te separa de teu irmão.
"Olha gentil para ele.
Muda o mundo de ódio
em mundo de amor".
É passado?

Descarta!
Silencia a loucura!
Perdoa!

LIBERTAÇÃO

Assumir a liberdade leva tempo.
T-20.III.9:2

O pensamento equivocado
me subjuga.
Meu poder, idéia em curso,
acorrentado há anos,
tateia, débil, na poeira,
a mão de meu irmão
na minha:
não sei como reassumir
o controle da vida,
há tanto esquecida.
Em sua mão, a liberdade
dá seu significado:
santidade intocada, perfeita.
Lado a lado,
entramos hoje, juntos,
no Paraíso.
É a Vontade do Pai
que o Filho abençoa
rumo à união ilimitada.
A certeza da união, em breve,
na fé compartilhada,
olha com perfeita gentileza.
Caridade interior,
segurança exterior.
O amor perfeito
não conhece pecado,
porque perdoa.
Olha para o outro,
como para ti mesmo.

No meu irmão
– o outro que sou eu –
está a luz
da eterna promessa
da minha imortalidade.
Que eu o veja sem pecado.

O medo é desfeito.
Igual à minha,
a Vontade Dele é atendida.
Ébria de amor,
a liberdade reina,
soberana:
exibe a Verdade
na perenidade do Agora.

LUZ DO MUNDO

A luz do mundo é tua.
T-31.VIII.15:1

A visão da salvação se detém,
se oculto,
se esqueço a minha luz.
E o mundo se desespera
e só vê a morte.

Já me ensinaram.
Reluto em aprender.
Nego para não crer.
Evito assumir
a função que é minha,
o direito de ser salvo,
a capacidade de salvar o outro.
Insano,
me debato em infortúnio,
me afundo em tristeza,
me esgoto em sofrimento,
me isolo em solidão.
Insano mais ainda,
esqueço quem sou,
me faço de esperto,
passo por sabido.
Arrogante,
digo que sei tudo
e saio por aí decidindo
por mim mesmo
o que fazer, onde e como,
quando e com quem.
Lá do fundo, vem Sua Voz:
A paz és tu quem dás.
Só aí me lembro:
A luz sou eu.
A paz vem às mentes
pela luz do meu perdão.
O Filho de Deus
é a luz do mundo.

Luz. Só há luz.
Tudo é luz.
A criação é luz.
Criando luz,
clareio a escuridão do mundo.

Onde te ocultas,
escondendo a tua luz?

MESTRES

A todos com quem reaprendo a ser feliz.

Mestres são e foram todos
os que me negaram avançar.
Raiva e choro,
tristeza e mágoa,
me obscurecem a mente.
Restou-me pensar.
Inquieto, não medita.
Angustiado, não se acalma.
Aflito, afoga-se cada vez mais
no fel que dele mesmo verte.
Parecem inimigos
por se oporem a mim.
São todos eu mesmo,
corrigindo e me ensinando.
"Não há estranhos no Reino".
Aprendo comigo mesmo
o que o espelho
me mostra em ti.
Pedras me feriram pés e mãos,
pois relutei em aprender.
Corrijo e curo,
ressuscitando contigo.
Recuso-me e fujo,
suicidando-me.
Repito tudo, sem cessar,
até eu me curar.
Ou me perco
para recomeçar tudo
outra vez,
até aprendermos... juntos!

MODO DE VER

Desfaze o modo com que vês agora.

Atira ao léu
o modo com que vês agora.
Absurdo? Difícil, talvez,
Impossível, não!
Aprendeste mal.
Isto de nada te serviu.
Segues enxergando
como queres,
não o que queres.
A alegria está aí,
oculta pela mágoa,
pela zanga e pela raiva.
A paz ninguém faz.
Está em nós, é um dom
por trás do perdão.
Lança fora
o modo como vês agora,
e tudo é de novo teu:
amor, paz e bem,
assim que perdoares.

MORTE & VIDA

Tratante! Falso! Traiçoeiro!
Não o quero!
A outro, elogio,
acolho e convido.
E por aí vou.
Critico, julgo,
condeno, execro ou reúno.
Com palavras e ação,
ou sem falar nem me mover.
Mas tudo passa
pela mesma agulha:
          o julgamento.
Tudo resulta
da mesma escolha: separação.
          Que faço?
Separo para excluir.
Escolho para separar.
Enquanto excluo e escolho,
torno real
o que não tem realidade.

Expulso a Vida.
          Nego quem Sou.
          Nego quem És...
          Quem São...
          Quem Somos...
E convido a morte.

MUDANÇA

Aprender é mudar.
T-31.VII.1:1

Mudanças, reconheço.
Mudar conceitos
faz a mente se curar.
Verdade não tem reverso,
nem consegue mudar.

O mundo
chamou de "maus" os culpados
e os inocentes de "bons".
O conceito que tenho de mim mesmo
me chama de "bom".
Perdôo a mim.
Os outros, para mim,
são "maus",
por vezes ou sempre.

Julgo-os assim,
porque assim os vejo.
Perfeição não vê erro.
O irmão diante de mim,
digno de perdão,
muda meu conceito que tenho
de mim mesmo.
Perdôo quando não julgo.
Não julgo,
quando não há em mim
o que pensaria ver nele.
Aprendo e mudo.
Mudo o meu conceito
sobre mim mesmo
e meu irmão.
Só quero ver nele
o que vejo em mim
e aquilo que eu sou:
perfeição.
O que andas vendo no outro?

NADA A FAZER

...em teu benefício.

Não tens de fazer,
me dizes.
Tudo está pronto e feito
em teu benefício.
Não acredito.
Parece haver sempre
tanto a fazer,
creio, vejo e reafirmo.
Por acreditar, vejo.
Transformo meus dias
em lutas, esforços e disputas,
competições, estratégias e ardis,
desilusões e atrasos.
Por normas, regras e leis
de especialistas,
cientistas, peritos,
pesquisadores, que,
como os laureados e os doutos
garantem ser impossível,
difícil, lento e custoso
receber
o que sempre foi meu.
Acreditando nisso,
me ponho em guarda.
Sigo ignorando o
"Tudo está feito,
pronto e terminado"
e vou por aí ,
me limitando com medo
do fracasso, do porvir,
repetindo para mim mesmo:
Há perigo e dúvida,
riscos e demoras
para todos, por toda a parte.
Mas retornas, enfático:
Nada há a ser feito.
Dizes e insistes.
Custa crer?

Por medo do desconhecido,
escolho olhar
por vidrinhos de aparelhos,
em vez de Ver
pelo “equipamento”
com que nos dotaste,
que me recuso a usar.
Nada há a ser feito.
Não precisas pensar em nada.
Anda descuidado...
Como um refrão
a ser aprendido,
repetes e reiteras:
Nada há a ser feito.
Não precisas pensar em nada.
Tão simples... E a custo zero.
Não duvides nunca, repisas.
O que prefiro?
“Ter razão... ou ser feliz?”

NADA ME AFETA

Nada que haja me afeta;
o que quer que eu veja, é tudo irreal.
Choram guerras, lamentam destruições,
tomam partidos, atacam e revidam...
Registram a lágrima, gravam a tristeza,
assumem posições,
inventam justificativas
para depois mudar tudo outra vez.
Porém, eu vou lá, ponho esparadrapo,
dou comida, enxugo a lágrima,
cuido, zelo, faço,
atendo, ajudo, escuto,
mas tenho de reconhecer:
é tudo engano,
tudo falso, tudo cenário, tudo palco.
Os olhos nada vêem,
os ouvidos nada ouvem,
o tato nada toca,
o olfato nada aspira,
o paladar não degusta.

Enquanto eu estiver tornando real
a lágrima que cai, o choro que abate,
o sofrimento que torna infeliz,
é porque ainda não curei
minha mente.
Para curá-la, preciso saber:
é tudo irreal.
O Cristo me diz: dá-lhes a mão,
o carinho, o consolo,
mas esteja DESPERTO:
Só o que tem
correspondência em Deus
é real.
O Ser segue inatingido.
O Santo continua perfeito.
A Verdade, intocada.

NÃO PRECISAS FAZER NADA

Tudo já está pronto e feito,
terminado e perfeito.

Nada queiras desvendar,
tudo está revelado.
Nada busques encontrar,
tudo está dado.
Nada tentes decidir,
tudo está resolvido.
Não há dúvidas.
Tudo está certo.
Não há engano.
Tudo está corrigido.
Nada tens a fazer.
Tudo está feito
em teu benefício,
para o teu bem.
Entrega-te ao Seu Amor
que vela por ti o tempo todo.
Nada viste?
Não estavas aqui...
Jamais estiveste aqui...

Pai e Filho jamais se separam!

NÃO DÊS CURSO

Não dês curso nem crédito,
reconhecimento ou realidade
a imaginações vãs.
O poder do teu pensamento
cumpre o que nele acolhes.
Não há pensamentos neutros
nem vãos.
Todos criam forma
em algum nível.
Trazes, para a tua existência,
ilusões ou verdades
em que crês.
Ambas te parecerão reais:
é tua crença em forma.
Cessa o teu engano:
não és – ninguém é –
um corpo.
Sabe e assume:
sou responsável
pelo que penso,
creio, interpreto, julgo e sinto.
Crer é querer, é pedir.
Pedes, recebes:
Pedi e recebereis...
Esqueces que quiseste
e clamas, injustiçado:
Eu não mereço.
Assume que
houve uma vez que quiseste.
Reconhece, que,
algum dia, pediste.
Agora, escolhe outra vez,
muda o pensamento que tiveste.
Dize, então:
Nada sei
de melhor para mim.
Entrega e pede:
Decide e escolhe
por mim.
Pensa com Ele.

Não O atrapalhes.
Recebe, consciente,
o que já é teu
desde a Criação.
Aquieta-te.
Deixa-O ser teu Pai.
Desperta!

MEU TEMA

Contigo tudo sei e nada há a temer.

Dou-Te todos
meus pensamentos,
minhas ações,
meus erros,
culpas e vergonhas,
faltas de perdão,
iras e mágoas,
para que os desfaças.
Escolho
só ver a Ti no irmão,
em todos e em cada um deles.
Quero
só Te ouvir no caos.
Só me importa
saber de Ti no tumulto.
Ver-Te
me corrige a visão
do olho que ilude.
Ouvir-Te
me dá a interpretação
da falsa emoção.
Seguir-Te
decide meu rumo.
Quando me guias,
sei onde vou.
Se me levas,
não há equívocos,
enganos, nem indecisões.
Contigo
fica o Amor.
Torna-se Tua
a minha vontade corrigida
e a felicidade ressurge,
imbatível.
Teu pensamento
é minha gema.
Tua ação, meu lema.
Tua Vontade, meu tema.

Por tudo isso,
dou-Te graças,
a todo instante.
Já me disseste:
"Estou sempre contigo.
E tu estás, perene,
em Meu regaço,
de onde nunca saíste.
Sem cessar,
cubro
tua cabeça de estrelas,
fazendo que,
cada vez mais, se veja
a luz que já Te dei."
Amém.

OPÇÃO

Vês a carne ou reconheces o espírito.
T-31.VI.1:1

Aqui, não há como.
A dúvida persiste.
Aqui, neste mundo
do tempo, do espaço,
neste sonho de pesadelo,
tudo é dúvida.
Gosto do balanço
que a incerteza me traz.
Vejo, porque quero ver.
Sinto, porque quero sentir.
Duvido,
porque quero duvidar.
E a dúvida prossegue.
Vejo a carne,
ou reconheço o espírito.
O cheiro, o toque,
a carícia, o enlevo,
o tremor das mãos tateando,
tudo me leva
à exaltação dos sentidos.
Sinto a pele, pernas, peito,
acredito estar vivo.
Estarei vivo?
Não há transigência.
Não nego a carne.
Uso-a enquanto creio
estar no tempo e no espaço.
Apenas não lhe dou
a realidade que não tem,
não teria, nunca terá.

Saio da dúvida.
Não sou um corpo. Sou livre,
pois continuo sendo
como o Pai me criou.
Certeza é só com Ele.

Que dúvidas ainda manténs?

O QUE QUERES DE MIM?

Tudo quanto quero
é porque
a vontade maior
dentro de mim me diz:
Vá, faça,
deixe de fazê-lo,
diga, cale-se,
ou deixe pra lá.
Quando
me deixo ficar,
é porque
não era para ir.
Quando
deixo de atuar,
é porque
era para não fazer.
Quando falo,
é porque devo dizer.
Quando me calo,
é porque
devo silenciar.
Já não sou eu
que dito meus passos,
meus atos,
minha palavra,
ou minha ação.
É Deus em mim
a quem me entreguei
por completo
que me diz
o que fazer,
o que dizer,
aonde ir,
com quem falar,
como expressar
e a quem.
Só me ponho a ouvir
o que Ele
tem a me dizer.
Faço como Ele me diz.

Só Ele sabe
o que é melhor
para mim.
Sou importante
para Ele,
tão importante
quanto Ele é
para mim.
Esta é a minha paz.
Este é o meu silêncio
para poder ouvi-Lo
a toda hora,
a todo instante,
em todo lugar.

Obrigado, Pai!

OUTRO MODO

Existe outro modo
de olhar para o mundo.
E-pI.33

Quando eu mudo em mim,
o mundo muda para mim,
me foi dito.
O debate continua.
Querem mudar o mundo...
Mas a mente segue torta,
pensando tudo trocado.
O que penso por dentro
trago para ver do lado de fora,
porque assim quero
e me gratifico!
Vê bem. É fácil.
Quando penso e creio,
crio uma ONDA DE PODER
que cumpre a minha crença.
O universo se curva
e obedece à minha vontade.
Daí digo: Não gosto.
Estou infeliz!
Com todo o meu poder
– *meu pensamento* –
faço coisas por aí
que não gosto nem quero.
Dedinho em riste, digo:
"Fizeste isso.
Estás me atormentando!"
Mas eu mesmo pedi tudo
e o que parece me suceder
apenas atende ao meu pedido!
É fácil.
"Despeço" o que pedi,
escolho outra vez,
mudo o meu pedido.
Vigio meus pensamentos,

treino para aperfeiçoá-los.
Para o que me perturba,
logo digo:

Existe outro modo
de olhar para isto!

Pensando certo,
pensando Amor,
retorno à Paz e ao Bem
e aí consigo:

Quando eu mudo em mim,
o mundo muda para mim.

Queres mudar o mundo?

Pensa Amor!

PÁGINA 477

Sou responsável...

"Sou responsável
pelo que vejo"
Que eu só veja a Verdade.
"Escolho os sentimentos
que experimento".
Que eu só escolha a perfeição.
"Decido quanto à meta
que quero alcançar".
Que eu só decida pelo perene.
"E tudo que parece me acontecer, eu pedi
e recebo conforme pedi".
Que eu só peça o bem,
o belo, o bom, o eterno,
o útil, o que não ameace.
"Que eu não me engane mais".
Sou responsável, sim,
por tudo que me ocorre.
Quero vigiar a minha mente,
certo e convicto:
o que vejo e escolho,
o que decido e interpreto,
o que peço e sinto,
o que desejo, creio e quero,
pois sou eu que faço tudo,
eu que crio
minha circunstância!
A cada instante, posso mudar:
escolho outro pensamento
escolho outra vez,
escolho paz.
Só não mudo a Verdade
não mudo Aquele que é,
não mudo o que Sou,
pois Ele e eu somos só Um.

PASSADO

Eu vejo só o passado.
E-pI.7

Passado é tempo.
Tempo, memória.
Memória, arquivo.
Arquivo, julgamento.
Julgamento traz dor.
Dor não perdoa.
Não-perdão nega amor.
Amor negado convida a morte.
Morrer é não viver.
Não viver é estar no medo.
Medo assassina o amor.
Amor assassinado
é morte da Vida.

Vida morta é a inexistência.
Não existir é o nada.
Nada é a exclusão total.
Exclusão total nega o Pai.
Nego o Pai,
enxergando só o passado.
Ver só o passado
é sair do agora.
Cuidado!

Agora
é o único momento real!

PENSAR

Não tenho pensamento neutro ou vão.
E-pI.16

"Penso, logo existo",
foi dito.
Aceito a tese,
como marca da exterioridade.
Pensar, em verdade,
é um pouco mais complexo.
Penso o útil e o inútil.
Penso o instrutivo
e o destrutivo.
Saio por aí pensando
seja o que for.
Interpreto e avalio,
analiso e concluo,
sem me dar conta do que faço.
Pensamento nunca é vão,
nem inconseqüente.
Pensamento põe em ação
atos e posturas,
emoções e sentimentos,
crenças, certezas e incertezas.
Pensamento é poder total,
nunca é neutro.
Provoca bem-estar
ou mal-estar,
júbilo ou dúvida.
Sou eu quem o pensa.
Ninguém pensa
em minha mente
sem minha permissão.
Assim sou eu – e só eu –
quem consegue mudá-lo
por tê-lo pensado.
Pensamento faz meu futuro.
Amanhã acontece
o que pensei ontem,
ou agora acontece o pensado

há poucos minutos.
Mas ao acontecer,
já esqueci que o pensei.
Transtorno ou satisfação,
alegria ou depressão,
segurança ou insegurança,
tudo vem do meu pensamento.
Esquecendo-me que o pensei,
acuso ou agradeço,
reclamo ou bendigo,
ataco ou amo,
sem me lembrar
que não tenho
um pensamento neutro.
Dito ou tácito,
o pensamento sempre atua
por jamais ser neutro
e reter todo o meu poder.
Vigio o meu pensamento!
Só penso com Ele: Amor!

PENSAR & ESCOLHER

Não vejo coisas neutras.
Não há pensamentos neutros ou vãos,
todos criam forma em algum nível.
E-pI.17

Pensando, vejo.
Vendo, penso.
É impossível separá-los.
Causa e efeito são válidos
tanto no Céu como no mundo.
Os pensamentos precedem a visão
por microssegundos.
Vejo, porque quero ver.
"Sou responsável
pelo que vejo".
Primeiro, penso,
depois, vejo o que pensei.
Penso para ver,
vejo para me gratificar.
É inútil dizer:
"Não quero mais ver isso"
ou
"Fico triste quando vejo isso".
Se vejo... escolhi ver.
Escolhi ver
por ser isso o que penso.
Deixo de ver,
deixando de escolher ver,
deixando de pensar nisso...
Que eu não me engane mais:
vejo, porque escolho ver,
escolho, porque penso nisso.
Não vejo coisas neutras.
Não tenho
pensamentos neutros.
Fora isso, minto para ti,
minto para mim,

minto para o mundo.
Mas consigo, querendo,
mudar meu pensamento.
Como?
Escolhendo de novo.
Penso com Deus:
"Põe amor...
para tirar amor",
diz San Juan de la Cruz.
A escolha é sempre minha.
E só minha.

QUEM ÉS?

Ou és Santo
Ou nada.

Quem és? O que fazes?
Estás aqui? Por que vieste até aqui?
Aonde vais, para quê,
por quê, com quem?
Nada sabes.
Ou melhor, fazes que não sabes.
Conheces tudo,
mas finges nada saber.
O que te detém,
para que te assumas?
O que te retém,
para que não te assumas?
O que te gratifica,
para que te detenhas?
O que desejas,
para que te detenhas?
Conheces todas as respostas
que vieste apenas conferir,
assegurando-te não assumi-las.
O que temes?
O que faz te ocultar de ti mesmo, que
ou és Santo
ou nada?

QUE MUNDO QUERES VER?

Vejo uma forma de vingança.
E-pI.22

"Sou responsável
pelo que vejo".
É demais afirmar isso?
Repete e aprende:
projetas crenças
para vê-las fora de ti;
te assustas e te apavoras
com o irreal.
Que mundo queres ver?
O perene ou o perecível?
O efêmero ou o imutável?
O real ou o irreal?
A paz ou a vingança?
Que mundo buscas?
Projetas a raiva,
retorna a vingança
prestes a te golpear.
Revidas em autodefesa.
Crês na fantasia selvagem.
Fizeste algo que odeias,
algo que queres destruir.
Aí atacas e até matas.
O círculo vicioso aumenta.
Muda teu modo de ver!
A paz em tua mente
é teu tesouro.
Alegra-te:
tudo que temes é irreal,
nada disto é verdadeiro.
Cessa os pensamentos de defesa
e de ataque.
Vê a ilusão e dize para ti mesmo:
O que vejo não é real.
Isto não precisa
ser assim.
Deus é só amor.

Mudo meu pensamento para ver:
tudo se desfaz.
O real retorna à minha mente:
Sou responsável pelo que vejo,
só quero o imutável,
o eterno, o real,
o amor, o bem, a paz,
pensando certo, tudo se faz
por si mesmo:
"És o capitão de tua alma,
o mestre de teu destino".

PENSAR É ISSO?

Não há pensamentos vãos.
São úteis ou inúteis,
mas todos tomam forma em algum nível.

Que penso,
quando penso que penso?
Como penso,
quando penso que penso?
Na mente,
faço imagens
e creio pensar.
Convido dúvidas,
medos e sustos do passado
para compor meu pensamento.
Com ele,
loto bibliotecas
com discussões,
filosofias e teses.
Num instante,
consigo transformar
infortúnio em paz.
Num lapso de tempo,
sou capaz de trocar
amor por tormento.
Pensar jamais é vão.
É inútil ou útil.
O inútil enlouquece.
O útil cura.
O inútil fere,
adoece.
O útil traz a paz,
a sanidade.
Não quero mais me enganar.
Eu mesmo o convido.
Só eu mesmo,
em minha mente,
penso o que penso.
Quero agora,

cuidar e vigiar.
Minha vigília me conduz.
Não quero vigiar
no equívoco.
Escolho me lembrar:
só o amor traz o bem,
só o perdão libera a paz.
Sou eu mesmo
que me atormento
ou me pacifico.
A escolha é só minha.
Não quero mais
fazer-me de vítima.
Não há ninguém lá fora...
Só eu mesmo e... o Pai.
O que quero? Amor ou ilusão?
Realidade ou enfermidade?
A decisão é só minha:
"Ter razão ou ser feliz!"

PODER MAIOR

Para Lad,
o cavalheiro entre os nobres

Os pensamentos aumentam
por serem dados.
T-5.I.212

Um pensa e fala,
outro ouve e acredita,
mais um ouve e repete:
está traçada a desdita.

Mesmo que te afirmem
que teu irmão está mal,
nega todo o pensamento
sem amor como tal.

Nega que teu irmão
seja o que dizem que é,
só vejas *como* ele é:
pleno e perfeito no Ser.

Nega sempre a ilusão.
Não compartilhes o irreal.
Nada consegue ser
o que dizem vir do mal.

Não há como crer
em ilusão e mal-estar.
O amor está em toda a parte,
o mal não tem onde ficar.

Nega que teu irmão
seja outro senão tu mesmo.
Ambos o Filho Santo do Pai,
no bem, ausentes do esmo.

O que vires nele,
é o que vês em ti.

O que dizes dele
é o que pensas de ti.

Tu e ele são só Um.
Ele e tu são o que faz
dele contigo o amor,
de ti com ele a paz.

PROMESSAS

Nada tens a fazer. Não duvides nunca.

As "promessas"
estavam sempre ainda por vir.
Todo o prometido
me aguardava... mais adiante,
no tempo e no espaço,
em outra vida, ouvi dizer.
Nunca exatamente ali.
Ninguém explicava, com precisão,
onde estariam.
Garantiam o cumprimento,
isso sim, por ser divino.
Hoje entendi:
todo o prometido
já me foi dado:
Tudo está pronto e feito,
terminado e perfeito,
resolvido e decidido.
Nada tenho a fazer,
as promessas já me foram
dadas e entregues,
completas e nada lhes falta.
Tudo quero ver
diante de meus olhos,
em minha contingência
e circunstância humanas:
Abundância e plenitude,
paz e bem-estar,
tranqüilidade e amor,
felicidade perene.
As promessas já cumpridas,
tenho de vê-las.
Para ver, preciso crer.
Creio para ver.
De Sócrates a Einstein
isso foi bem entendido.
Vigia e perdoa,
escolhe outra vez e crê!
A crença retira

dos olhos a venda!
Nada tens a fazer.
Anda descuidado...
Procuro e quero ver.
Não duvides nunca!
O refrão da certeza total,
a toda prova,
é mantra da mente certa.
E ecoa e ressoa ritmado
por todo o lado, a repetir:
Não duvides...
Não duvides...
Não duvides...
Não duvides... nunca!
Num despertar
e relembrança, agora sei:
a certeza é Unicidade,
é Integridade,
é o Céu.
O Céu é estar Nele,
mas, Ele sabe:
EU NUNCA SAÍ DE LÁ!

O QUE ÉS?

Ou és Santo ou nada.

O que és?
O que fazes?
Onde estás?
Por que vieste?
Aonde vais, para quê, por quê?
Tudo sabes...
Finges não saber.
Conheces tudo...
Mas o negas.
Conferes
todas as respostas,
assegurando-te não assumi-las.
O que te detém?
O que temes
para ocultares de ti mesmo o que és ?
Estás desperto,
pois tua Fonte,
tua Identidade,
teu estado... Tu os reconheces,
porém finges negá-los...
A farsa,
por quanto tempo queres mantê-la?
O que te gratifica negares a Verdade?

O QUE FAZ FELIZ?

Não percebo meus maiores interesses.
E-pI.24

Dou-te meus pensamentos e ações.
E-pI.233

Digo que sei,
me bloqueio para aprender.
Acho que conheço,
me impeço de saber
o que me faz feliz.

Olhos fechados,
rememoro momentos.
Que resultado quero?
"Nesse momento,
gostaria que tal coisa
acontecesse, e que tal e tal
coisa acontecesse."
Mas o resultado
não é unificado,
não resolvo coisa alguma
que me faça feliz.
Não percebo
meus maiores interesses!
Rememoro mais situações.
Revejo outras
em que não consegui
me sentir feliz!
Repito e torno a repetir.:
não progrido.
Por onde saio?
Quem sabe, se eu disser:
Dou-Te meus pensamentos,
entrego-Te minhas ações.

Reconheço:
por mim mesmo,
nada sei, nem conheço.
Examino minha mente,
vigio meu pensamento:

Varro o lixo e a poluição
com a vassoura do perdão.

Desbloqueio e desimpeço
meu aprendizado,
meu saber:

NÃO QUERO TER RAZÃO.
QUERO SER FELIZ.

QUEM É?

Não há estranhos no Reino!

Quem é esse
que te atormenta?
Quem é esse que te agrada?
Quem seria esse
que te ameaça
e prejudica?
De onde vem esse
que te trai? Que te louva?
Que te injustiça? Que te cuida?
Que mente? Que te ataca?
Que te ofende? Que te defende?
Que põe em risco tua vida
ou te salva de ameaças?
São tantos, parece,
que te rodeiam
a te prejudicar...
Ou mesmo a te amar!
Quem é esse?
Vê bem.
Seus olhos o escondem.
Suas palavras te enganam
ou chegam mesmo
a te encantar... Ou te arrasar...
Olha mais um pouco...
Quem é que tens
diante de ti?
Ou em tua lembrança...
...doída ou feliz?
Com tua visão perfeita,
vê quem está ali
e reconhece:

És tu mesmo.
Não há estranhos
no Reino!
Faze a ele o que queres
que seja feito a ti!

Ama-o... Para que,
finalmente, consigas amar a ti mesmo!

QUERER FAZER

Quem não deseja é muito mais feliz.
Sabedoria oriental

Desejar, querer fazer
é sentir a falta.
A falta me diz: és incompleto!
Só o ego se sente incompleto.
Só o ego, ser falso,
sente incompletude.
Ego, o arremedo de ser que fiz,
engana-me o tempo todo.
Ego é fantasia,
ilusão e mentira.
O tempo é uma invenção dele!
Nada há a ser feito.
Tudo está pronto,
terminado e comigo.
Algo a ser feito me faz crer
no inacabado, em carência.
O desejo vem
da aparência da falta,
ilusão, irrealidade,
que torno real para mim,
aceitando-a como verdade.
Falta-me algo, penso.
A falta aniquila minha paz.
Na crença em falta,
o desejo se insinua,
se intromete
a serviço da carência.
Carência é crença
de estar no inferno.
Como um buraco de queijo,
mastigo, sem me saciar.
Isso não precisa
ser assim:
tudo tenho
recebido e guardado,
perfeito e resolvido,

decidido, disponível, pleno,
satisfeito e completo.
Ilusão de carência?
Ao perdoar, ergo o véu:
nada tenho a desejar.
Em Seu colo,
de onde nunca saí,
descanso.
Onde sempre estive
continuo tendo tudo:
em Seu colo.
Não viste?
Queres ver e vais ver.
Pedes visão e vês.
Aceita-a e a tens,
pois, como tudo, já é tua!
Sempre foi tua... E minha!
Foi como fiz...
Depois de perdoar.
Experimenta!

QUERES PORQUE QUERES...

"Eu te amo."

Queres, porque queres...
Chegas, ali te impões.
Marcas presença,
no silêncio ou na fala.
Comunicar é tua meta.
Impaciente,
pedes amor, exigindo.
Arrogante, queres ser aceito,
atacando.
Corpos não se comunicam.
Falas nada dizem.
Palavras
são símbolos de símbolos
duplamente afastados
da realidade.
Só mentes se comunicam,
sem palavras, gestos,
ações, atitudes.
O ego fala
e, barulhento, separa.
O amor ama
e, silente, une.

Manda tua mensagem
por tua mente
pelo Mensageiro
eficiente e capaz.
Ela só comporta
três palavras:
Eu te amo,
a saudação
de Cristo a Cristo,
que só fala consigo próprio.

QUERO VER!

Estou decidido a ver
e ver de modo diferente.
E-pI.20-21

Desejas e verás.
Reverte teu pensamento. É crucial.
Causa e efeito andam juntos.
Todo o poder te foi dado
no Céu e no mundo,
sem coerção, ressentimento
ou oposição.
Distingue, primeiro:
alegria de *pesar*,
prazer de *dor*,
amor de *medo*.
Muda como vês.
Vês o que queres ver.
Determina-te:
Quero ver! ...E verás!
Tua é a escolha,
sempre.

Sou responsável
pelo que vejo.
A decisão é só minha.
Sem força ou pressão,
salvo-me, sou feliz,
tenho paz...
Ou me atiro
no infortúnio.
Reverte teu pensar
e verás Quem és!

QUE VEJO?

Olhos nada vêem...

Quando vejo, já vi antes.
Digo: não gosto,
critico, falo mal.
O que foi que vi?

Quando sinto, já senti antes.
Digo: não presta,
condeno, jogo fora.
Que foi que senti?

Quando conheço, já conheci antes.
Julgo: nada vale,
é ruim, descarto.
O que foi que conheci?

Vejo, sinto, conheço,
sei o que tenho
dentro de mim primeiro;
observo, percebo e acuso
tudo que está em mim.

Mas, dedo em riste,
digo que és tu o culpado,
pois o 'inocente' sou eu,
vítima incauta diante de ti,
que me atormentas.
Se não existisses,
eu seria feliz,
me justifico.

Mas tu existes
...para me ensinar,
se eu quiser aprender:
o que vejo em ti
é o que está em mim;
se eu mudo em mim,
o mundo muda para mim.

Por que insisto
em me recusar
a ver em ti o Cristo,
que também está em mim?

RAIVA

Ver as coisas de modo diferente.
E-pI.21

– Lá vem ele!
Que raiva!
– reajo de imediato.
Irrito-me.
O sentimento aumenta.

Fala comigo...
Até sua voz me enfurece...
Dentes cerrados,
nem respondo.
O coração acelera.
Estou fora de mim.
Sem controle,
pensamentos de ataque
se acumulam... Quero bater,
quero fugir, me esconder.
Minha paz se esvai.
Ele nem se dá conta
da minha fúria.
– Isso não pode ser assim!

Preciso sair disso,
é tudo o que penso.
Recapitulo o que aprendi:
investigo meus pensamentos
e digo para mim mesmo:
– Estou determinado a ver
____________ de modo diferente.
Ele é meu irmão,
tão perfeito e santo
quanto eu.
Aplaco minha raiva.
Invoco meu Professor
e digo em minha mente:
Entrego-te
ao Divino Espírito Santo.

Impossível reassumir a calma
sem a ajuda Dele.
Entrego a Ele
meus pensamentos e atos.
Peço-Lhe os Seus.
Rogo ao meu irmão
perdão pela raiva que senti.
Consigo dizer para mim mesmo:
Quero ver tudo
de modo diferente.

A ajuda me alcança.
O amor me inunda.
Desfaço a raiva.
Olho para meu irmão
e balbucio, ainda inseguro:
– Como vais?

É assim que aprendo,
treinando para mudar:
Quando eu mudo em mim,
o mundo muda para mim.

Desfizeste alguma raiva hoje?

REDE DE COLETA

O que parece me suceder,
eu o peço e recebo conforme pedi.

Foste. Não mais te vi.
Eu quis morrer.
Tinhas de me deixar?
Em que caverna te escondi?
Só e triste, me fiz infeliz
e – claro – sem paz.
Mergulho em minha mente:
onde eu teria desejado isso?
Sou eu sempre a querer
– e a pedir – tudo!
Enrustido em desejos,
encontrei a rede
onde arrasto meus quereres:
gratifica-me ficar infeliz,
vibro ao ser maltratado,
resfolego ao ser injustiçado,
realizo-me ao ser acusado...
E por aí vou...

...colecionando tormentos,
para exibi-los
em minha guirlanda de infortúnios,
até me tornar bem insano:
FALTA DE PAZ É INSANIDADE.
No mergulho vi:
eu te enxotei,
eu mesmo quis
ver-me triste, só e infeliz,
sentir-me vítima,
conseguir chorar,
ter do que me lamentar
e receber consolo:
"Como ele é corajoso!"
– para reforço
da minha crença em carência
que vigio e nutro em mim.
Tudo irreal!

Já sei:

A infelicidade não me pertence,
a tristeza não faz parte de mim,
o infortúnio não é meu.

Relembro:

Meu propósito é ser feliz,
minha disponibilidade
é só amor, paz e bem.

Milagres são vistos na luz:
a ilusão se desfaz na luz.
a luz é meu caminho,
a luz é tudo que sou,
a luz é meu Ser.

Podes ter ido, partido,
mas não nos separamos:

Corpos não se separam,
porque nunca se unem.

Mesmo sem te ver ao meu lado,
seguimos...

...juntos na Mente Una
e em Paz aqui na Terra,
após o Perdão.

Que *berloque-tormento*
penduraste hoje
em tua *guirlanda de infortúnios*
para exibir, comentar
e te lamentar?

Os meus?
Estou pondo todos fora!

SABES VER

Para Odylo Costa, filho e Prudente de Moraes, neto

Nada perdemos, nunca, nem ninguém.

É fabuloso!
Nunca perdemos nada!
Os olhos não vêem.
A visão ocular é falsa.
Ao ouvir: Fulano morreu...
Não acredites!
Os olhos não vêem.
A visão ocular é cega.
A morte não existe!
Esteja certo!
– Ah, que alívio!
Nunca perdemos nada...
Nem ninguém!
Deixamos de vê-los aqui, apenas.
Os olhos não vêem.
A visão ocular é mentirosa.
Tranqüilo...
Apura teu olhar.
Deixando de ser tênue, vês.
Atenção...
Logo vais ver.
Confia na certeza:
A visão é tua...
É minha...
É de cada um...
É de todos.
Só o olho não vê.
O corpo separa...
O corpo oculta...
O corpo cega a visão.
Não duvides nunca!
Sabes ver...
Consegues ver.
Escolhendo, dize, firme:

Quero ver!
Convicto e certo,
            vê!
Nunca perdemos nada...
Nem ninguém.
Desfeita a ilusão
que o corpo impõe,
            vê!
Já consegues?
Já vês?
            Eis a maravilha da certeza!

SEM MEIO TERMO

Mostra-me o caminho.

Sou Santo...
...ou nada.
Teu Filho...
...ou coisa alguma.
Sou quem vê...
...ou cego.
Teu anfitrião...
...ou refém do farsante que fiz
para substituir meu Ser.
Estou curado...
...ou insano.
Não há meio-termo,
exceção ou grandeza.
A escolha é minha, sempre.
Só eu penso em minha mente.
Do que quero,
não me Salvas.
Meu livre-arbítrio é soberano.
Não interferes no poder
que me deste em minha mente.
Escolho, então,
com o poder que me deste:
Dá-me Teus Pensamentos,
cuida de mim,
acerta meus passos;
mostra-me o caminho
que me leve a Ti.

SIGNIFICADO

Significado só tem o que Deus criou.
E-pI.14

Israel agride...
Palestina revida.
Chechênia atira...
Rússia bombardeia.
Iraque conspira...
EUA destrói.
Que mundo é esse?
Guerras, acidentes,
crimes, tormentos...
Deus não criou.
Nada disso tem significado.
Nada é real!
Tudo é só ilusão!
Mas vejo sangue,
ouço tiros, foguetes,
gemidos, choro... Como?
Sou responsável
pelo que vejo.
Escolho os sentimentos
que experimento.
Decido quanto à meta
que quero alcançar.
E todas as coisas
que parecem me acontecer,
eu as peço e as recebo
conforme pedi.
Num mundo sem significado,
tudo é irreal.
Só vejo, porque quero ver,
sinto, porque escolhi sentir,
estou na situação
porque decidi estar nela.
Coisas me acontecem,
porque as peço e as recebo,
e tudo isso me gratifica.
Deus nada disso criou.

Nego a negação da verdade.
Nego querer ver,
sentir, estar, pedir.
Nego por não as querer mais,
mas reconheço:

Eu quis ver, sim;
Escolhi sentimentos, sim;
Decidi metas, sim;
Pedi o que recebo, sim...

Reconheço:
só não tenho capacidade
nem consigo
mudar a Verdade.
Significado e Verdade
só têm aquilo que Deus criou,

Amor, Paz e Bem.

SOU!

Ninguém te dá quem és.
Ricardo Reis

Ninguém me dá quem sou!
Nada me torna quem sou.
Coisa alguma me honra.
Não há quem me coroe,
diplome, titule,
valorize ou dignifique,
além do que sou.
Mídia, holofote,
celebridade,
press release, agente
ou *marketing*,
nada faz de mim
mais do que sou.
Pronto e feito,
vim perfeito:
roteiro e missão,
plano e propósito,
luz, poder e força,
cetro, trono e coroa.
Nada há que me faça usar,
ser, ter ou conter,
além, acima ou abaixo,
nem diferente do que sou.
Nada nem ninguém
me acrescenta,
batiza, aumenta,
canoniza, santifica,
sacraliza, glorifica
nem me furta,
escamoteia,
inventa ou mente,
descarta ou desfaz,
esquece ou oculta
o que sou, nem quem sou.
Fico desperto!
Jamais perco

coisa alguma.
Basta-me reconhecer:
Fonte,
Identidade
e Condição.
Não negar:
Pai,
Ser,
e Santidade.
Sou eu mesmo,
perenemente.
Quero assumir quem sou!
...De uma vez por todas.

Quando te assumirás?

SOU EU

Sou responsável por tudo.
Pedi e recebo como pedi.
T-21.II.2:5

Sou quem interpreta
o fato, a palavra.
Sou quem convida,
à minha mente,
o pensamento.
Sou responsável
pelo que vejo.
Sou quem pede
tudo que parece me acontecer.
Sou só eu sempre,
que creio no que acredito.
Sou eu e, somente eu,
que vejo o que quero ver,
que insisto
em me atormentar.
Sou eu.
Só eu torno real
o que tenha
realidade ou não.
Um medo, um temor
e tudo escurece.
Sombras, ruídos,
olhares, intenções,
tudo assusta.
Sou eu e apenas eu
que torno real para mim
o que não é real.
Sou quem acredita
no que não tem realidade.
Mas tenho de me lembrar:
Também consigo
deixar de acreditar
no que
não quero acreditar.

Agora só quero o real.
Preciso aprender:
Só Deus é real.
Permito
só a Verdade
entrar em minha mente:
Deus é só amor,
assim como eu sou.

TENHO DE QUERER

Peço e recebo conforme pedi.

O resgate...
...escolho.
A correção...
...peço.
A cura...
...quero.
Nada vem,
sem minha escolha.
Nada muda,
sem meu pedido.
Nada é,
sem meu querer.
Daquilo que quero,
não me livro,
até que eu escolha,
peça e queira sair.
Já tenho tudo,
faço não ter.
Já recebi tudo,
faço não saber.
Já vejo tudo,
faço não ver.
E vou por aí,
fazendo-me de vítima!
Dedinho em riste,
acuso e julgo,
repreendo e puno,
condeno e mato.
Agora escolho, peço e quero
resgate, correção e cura,
regozijo e alegria,
porque já sou, já vivo,
porque escolho,
peço e quero
ser feliz.
Tudo já é meu.
Mas tudo,
sem exceção,

tenho de querer.
Quero,
exerço minha vontade.
Ela cria,
torna-se real,
sendo igual à Tua,
no desfazer de ilusões,
no perdão,
na restauração da Verdade.

TER RAZÃO OU SER FELIZ

Eu acho, tu achas, ele acha.
Nós achamos, vós achais,
eles acham.
Assim
todos preferem ter razão,
em vez de serem felizes.
Vida afora vão achando...
Defendem opiniões,
conceitos e pontos de vista.
Brigam e cortam relações,
separam-se no 'achismo',
cujo significado,
explicação e justificativa
eles próprios inventam.
Interpretam o que vêem,
ouvem ou imaginam.
Sem prova, tomam partido,
deliberam e aconselham,
doutoram e prognosticam.
Acusam e julgam,
na cara ou pelas costas.
Dedo em riste,
escolhem culpados
e mandatários,
sem poupar ninguém,
sem misericórdia ou escrúpulo.
Gozando e caçoando,
dão apelidos,
fazem piada e chacota,
especialmente por trás.
O que fazem?
O que põem em curso?
A que efeito dão causa?
Responsáveis pelo que vêem,
sentem e crêem,
tecem circunstâncias,
dão forma a fatos,
plasmam momentos
e acontecimentos
de seu próprio futuro.

Seu pensamento é o poder
com que dão curso
ao que acham.
"Eu acho..." é a fôrma
onde derramo meu pensamento,
o gabarito com que moldo
meu futuro.
Falando de mim,
ou de quem quer que seja,
dá na mesma:
faço aparecer,
porque, quando eu acho, creio:
"O pensamento e a crença, unidos,
criam uma onda de poder
que consegue
até mover montanhas,
ressuscitar mortos,
edificar,
ou destruir reinos."
Pensamento é poder.
Crença é sentido.
Vontade é escolha.

Que "Eu acho..."
escolhes neste instante?
A paz ou o tormento?
O Céu ou o inferno?
A vida ou a morte?
Ter razão ou ser feliz?

TEU & MEU

Sou teu, porque és meu.
És meu, porque sou teu.

Tudo pronto,
tudo feito,
tudo resolvido,
tudo perfeito,
tudo decidido,
tudo eleito,
tudo escolhido,
tudo disposto,
tudo exposto,
tudo composto,
tudo completo,
tudo disponível,
tudo que é meu
é Teu.
Sem dúvida,
és certeza.
Sem erro,
és reto.
Sem equívoco,
és seguro.
Sem engano,
és fiel.
Sem escuridão,
és Luz.
Sem separação,
és União.
Sem ilusão,
és Verdade.
Sou Teu,
porque és meu.
És meu,
porque sou Teu.

TITUBEIOS

Não há obstáculos para o amor.

Temo, me escondo.
Tremo, me oculto.
Transpiro,
me ponho em guarda.
Perdido
entre suposições e indecisões,
me defendendo,
ataco.
A dúvida me cega,
a incerteza me prende,
a interpretação me induz,
o irreal que torno real
me apavora.
Na gangorra da irrealidade,
oscilo.
Creio no
"Tudo pode acontecer."
Deixei o ídolo
tomar meu lugar.

O amor tem tudo pronto,
feito e terminado.
Varro a ilusão
que eu mesmo trouxe.
Limpo o caminho
com a vassoura do Perdão.
Não há obstáculos
para o amor.
A Paz é minha.
O Bem é meu.
Nada tenho a fazer.
Lembro-me de quem sou.
Só Deus basta!

TÔ FORA!

Para Lad

Não afirmes tua pequenez.
De uma vez por todas,
assume tua grandeza.

Tô fora, meu irmão!
Não me acenes com dor.
Já verti lágrimas demais.
Não me exibas tristeza.
Já tive tormentos demais.
Não me tragas lamentos.
Já vivi infortúnios fatais.
A dor não santifica.
A tristeza não purifica.
O lamento não edifica.
Não me digas como chorar;
me convida ao Amor.
Não me convenças a sofrer;
me atraia para a Paz.
Nem tentes me fazer infeliz;
me acena com o Bem.
O choro não lava.
O sofrimento não cura.
A infelicidade não ensina.
Tô fora, meu irmão!
Só quero alegria.
Só curto felicidade.
Só vivo tranqüilidade.
Ihh, tô fora, repito!
Não me chames para chorar.
Só me convides
para o Amor, a Paz e o Bem.
A luz é Amor;
o Sentido, a Paz;
o Fruto, o Bem.
"Só Deus basta."

TRANSTORNADO

Estou transtornado,
porque vejo algo que não existe.
E-pI.6

Só quero paz,
mas minha raiva
me transtorna.
Só quero tranqüilidade,
mas meu medo me arrasa.
Só quero calma,
mas minha ansiedade
me limita.
Só quero amor,
mas minha depressão
me afunda.
Não há pequenos transtornos.
Todos eles
perturbam igualmente
a paz da minha mente.
Fico transtornado,
quando vejo ilusões.

Só retorno à paz
quando entendo:
só é real
o que tem correspondência
em Deus: Amor, Paz e Bem.

TRIUNVIRATO

Toda dor esconde
pensamentos sem perdão.

Não dá para saber
quem atua mais.
Vigília, Perdão
e *Escolha Outra Vez*
– a meu convite –
se revezam atentos,
cuidadosos e disponíveis.
A *Vigília,* à frente,
detecta desvios e enganos.
O *Perdão*, em seguida,
varre, recolhe e desfaz.
O *"Escolha Outra Vez"*,
colado à dupla,
seleciona e troca crenças
do pensar equivocado.
Tarefa conjunta
e coordenada,
incansável e ininterrupta.

A mente certa,
desperta e alerta,
não descansa.
É impossível falhar.
A meu pedido,
o triunvirato examina
tudo, a todo instante.
Uma dor me alerta,
um desânimo me avisa,
um medo me exibe,
uma ansiedade me adverte:
Esqueceste de Sua lembrança.
Minha mente errada
pensa estar separada, à deriva.
Creio-me calhau sem rumo:
flutuo errático,
fustiga-me o vento,
desvia-me a corrente,

assusta-me a onda.
Iludido, vejo-me abandonado e solitário.
Vigília, Perdão e
Escolha Outra Vez,
convoco, veloz.
Atentos e disponíveis,
responsáveis e atuantes,
me colocam de volta
na Paz do Teu colo,
na Luz em Teu regaço,
no Amor Contigo.
É onde estou, sempre.
Aqui vivo, perene.
Minha mente certa me diz:
Continuas em casa, em paz.
NÃO DUVIDES NUNCA:
daqui *jamais saíste!*
Amém.

TUDO

Tudo é oferta ao Amor.

Faço de tudo
uma oferta a Ele.
Pensamento, ação, que seja.
Nada é se não for
ofertado a Ele.
Mesmo sem o saber,
é o que faço:
o que escrevo,
componho,
pinto, esculpo,
musico, canto
ou danço, até,
não importa.

Fora Dele, tudo é nada.
Sem Ele, nada há.
Nele, tudo é.
Com Ele, tudo há.
Já havia.
Já tinha.
Já era.
Deixa-me sentir isso,
Amor, ah!
Deixa-me conhecer isso,
Amor, ah!
Deixa-me saber isso,
Amor, ah!
Quero ver tudo além do ego.

Sinto, conheço e sei, agora.
Graças Te dou.
Tudo já tenho.
Vejo. Tudo já me deste.
Tuas dádivas
já estão, todas, para sempre, comigo.

TUDO PRONTO E FEITO

Nada tens a fazer.

Escolho agora ouvi-Lo:
"Descuidado
de todas as coisas"
entrego-me à Paz
que Ele já me deu.
Estranho nada ter a fazer.
Por tanto tempo ocupado
a cuidar de tudo,
abandonar o controle é novo.

De Seu colo,
olho para o caos,
ouço ainda o fragor das lutas,
o estampido dos tiros,
o metralhar das balas,
gritos e choros
já um tanto longínquos.
Nada a fazer
parece omissão.

Lá vem um...
Dou-lhe o que me pede,
sem tornar isso
real para mim.

É o que Ele me diz:
atende, mas
não tornes real
o que não tem realidade.
Lá, do outro lado do mundo,
sei que há
quem se atormenta e chora,
que sente medo e se apavora.
Registro... Apenas oro.

Dá-me tua mão, irmão.
Sai do sonho comigo.
Desfaze tua ilusão
e permanece incólume.

Escolhe comigo ouvi-Lo.
Fica comigo, junto a Ele,
na Paz.

TUDO QUE ÉS

Dou a Ti
todos os meus pensamentos.
Relembra-me:
jamais perdi os Teus.
Ocultos em sombras
me aguardam.
Dissipados por Tua Luz,
retornam, intactos,
à mente intocada.
Mesmo parecendo
esquecê-los,
sou incapaz de perdê-los.
Dou a Ti
todos os meus atos,
que a nada chegam
sem Ti.
Só o que Tu queiras,
quero
em minha vontade.

Lembra-me
a todo instante:
sou como me criaste,
continuo sendo
tudo que És.

TUDO TENS

A santidade consegue ficar oculta,
mas nunca perdida.
T-1.I.31:3

Tudo tens.
Tudo és.
Tudo vales.
Tudo honra tua condição.
Ocultas como és,
escondes quem és
na roupagem,
nas máscaras e nos trejeitos.
Passas por alguém
que nunca foste,
nem serias.
Não enganas ninguém,
só a ti mesmo.
Segues sendo
como te criaram.
Deixa o disfarce,
despe a fantasia.

Só te atormentas
e te tornas infeliz
nesse medo e nesse caos.

Desperta!

Não há como mudar.
Continuas sendo
como teu Pai te criou.

VER!

Dividido,
faço que não vejo.
Partido,
oculto-me da visão.
Separado,
fico atrás do véu.
Esqueço,
nego,
digo-me outro
que não sou.
Gratifica-me negar a Verdade
numa lógica incomparável.
Por olhos que não vêem,
nada vejo.
Há um véu que lancei
sobre o conhecimento.
        Desperta!
Dize a ti mesmo:
Quero ver!
        E verás!

VER & NÃO VER

Vejo, porque quero ver.
Quero ver, porque,
de alguma forma, me gratifico.
Deixo de ver
ao deixar de querer ver.

Vejo... e me desgosta,
me aborrece e me enfurece.
Mas... vejo.
Por que vejo?
Sinto raiva,
me torno agressivo.
Quero interromper,
acabar com tudo.
Chamo os guardas,
a polícia, os seguranças.
Sai tiro, prisão,
chega a ambulância, o rabecão.
Por que vejo, então?
Bastaria não olhar.
Mas permanece na mente,
junto à raiva, à agressão.
Ataco, critico,
julgo e... condeno!
Por que vejo, afinal?
Eu quero saber.
Volto-me para dentro.
Aquieto-me
para ouvir.
A resposta me vem:
Ainda vês,
porque queres ver.
Deixas de ver
ao deixares de querer.
A Paz é tua.
Chama-a.

Restaurada a Paz,
as ilusões retornam
para o lugar de onde vieram: ao Nada.
Aquieta-te e sabe:
a Paz é tua, Nele!

VER PAZ

Eu poderia ver paz em vez disso.
E-pI.34

– Outro modo de ver?
É isso.
– Como é possível?
Procura.
– Deixar de ver isso?
Para ter paz.
Se vejo desgraça,
infelicidade e tristeza,
ao vivo ou contada,
meu mundo interior
ainda precisa de cura...
Eu vejo...
O comando é da mente,
mas a escolha é minha!
Escolho ver isso,
com os que vêem comigo,
todos, sem exceção,
embebidos em infortúnio.

Juntos nos gratificamos
com desgraça tornada real.
Por que isso?
Minha mente sem vigilância
é invadida
por depressão e ansiedade,
preocupação e lamento.
Emoções destrutivas
varrem a minha paz.
Reluto muito, mas ouço:
Traze Paz à tua mente!
Não quero admitir,
mas consigo
– se quiser –
ver paz em vez disso.
Repito, convicto e certo:
Por mim mesmo
consigo substituir

depressão, ansiedade
ou preocupação
– todos os meus pensamentos
sobre isso – por Paz.

Disponho-me e mantenho-me firme.
Tudo muda em minha mente.
Ilusões se mostram,
ponho-as de lado.
A realidade impera,
guardo-a e sigo com ela.
Repito, repito, repito,
protegendo-me da tentação
de perder minha Paz:

Consigo substituir
depressão, ansiedade
ou preocupação
– todos os meus pensamentos
sobre isso – pela Paz.

Já aprendeste a ver a Paz?

VIDA AO PÉ DA LETRA

Crer... querer... escolher.

Vês? Crês que o vês.
Faz sombra? Assim o queres.
Assusta-te? Tu o temes.
Foste alvejado? Puxaste o gatilho.
Nada existe, sem licença tua.
Nada está, sem aceitação tua.
Nada fica, sem que o retenhas.
Nada se passa, sem que o peças.
Tudo é como queres,
pedes e escolhes,
mesmo que o negues.
És vítima? Convidaste o algoz.
Te condenaram? Pediste a culpa.
Te libertaram? Concedeste perdão.
Tudo ocorre, porque escolhes,
preferes e te gratifica.
Não te enganes mais.
Só há tu por toda parte.
És o herói do teu sonho,
enquanto dormes.
Não há ninguém lá fora!
Desperta!
Tu e ele são um só.
Teu irmão ou teu inimigo.
Tua paz ou teu infortúnio.
Teu amor ou teu medo.
Tu e tu mesmo, quando o vês.
Desperta do sonho, herói!
Vê teu irmão... Ou nada verás!

VINGANÇA & ATAQUE

Vejo uma forma de vingança.
Escapo disso abandonando
pensamentos de ataque.
E-pI.22-23

Vejo vingança,
prestes a me golpear.
A fantasia selvagem
povoa a minha mente.

Só vejo o perecível.
Nada vejo que dure.
Só vejo formas de vingança...
por toda a parte.

Meu ataque
parece autodefesa.
Pensamento de ataque
projeta raiva.
Num círculo vicioso,
entro na insanidade.

Reviso pensamentos:

É esse o mundo
que quero ver?

Mudar o modo que vejo
me trará Paz.
A saída do medo
está logo à mão.
Eis a boa notícia:
meus tormentos não existem.
Basta-me dizer:

Desistindo dos pensamentos
de ataque que tenho
sobre ________________,

consigo escapar
deste mundo que vejo.

Ainda não sei bem a causa
de ver o mundo como o vejo.
O pensamento de que ataco
ou de que sou atacado
é o mesmo.
Todo pensamento
– real ou falso –
cria forma
em algum nível.
Ao deixar de usá-lo,
desfaço a ilusão,
retorno à Paz
que o Real me dá.
Quero treinar.

Que andas fazendo
com teus pensamentos
de ataque?

VIOLINOS E CORISCOS

Sem defesas...

Escolhi preferir a ti.
Era o Céu na Terra.
Tudo bom,
bonito, gostoso.
Nossas vozes, violinos.
Olhares, palavras, gestos,
tudo perfeito.
Éramos feitos
um para o outro.
Um raio corisca no céu.
Nuvens escondem o sol.
Sorrateira,
a dúvida faz sua entrada.
Já não era mais
o Céu na Terra.
Esquivo te tornaste.
Insegura me fiz.
Ausente, demoravas.
Ansiosa, temi.

É sempre isso?
O que nos encantou
e que agora foge?
O que nos uniu
e que agora separa?
Palavras, gestos,
nada são,
nada dizem.
Qual o propósito?
Vou à causa
oculta no equívoco:
o que quero?
Ter razão ou ser feliz?
Quem sou?
Quem está ao meu lado?
Afasto as interpretações...
Sem rodeios, nem medo,
peço ajuda a Quem sabe
e que me diz:

Não te enganes mais:
só há o Amor.
Vai sem defesas.
Perdoa,
no Instante Santo,
na Paz e no Bem,
sem passado.
Sois só Um.
Assim consegues
(e só assim o consegues)
ver e sentir
o Céu na Terra.
No Reino, não há estranhos.
Contigo, estou Eu.

VISÃO DO OUTRO

Olho. O que vejo?
Um barbudo,
bigode por aparar.
Penso: *Muito feio...*
Olho, de novo.
Roupa de mau gosto, em desalinho.
Digo logo:
Ralé...
Outro mais...
Vou pensando: *...Um vigarista!*
Outro e mais outro...
A todos, vou julgando e condenando,
colocando rótulos.
Que rótulo colocariam em mim?
O que pareço? Como me vêem?
Lá dentro,
onde está o tesouro de cada um,
o que vemos? Quem vê?
Quantos o buscam?
Falso testemunho
é quando o chamo pelo que não é,
dou-lhe um nome que não tem,
qualifico-o,
até de bonito, quem sabe...
Mas deixo de ver
que estou diante de meu irmão,
do Ser Divino, do Cristo,
que também sou eu.

Acabou-se de imprimir
aos 29 de dezembro de 2006,
na cidade do Rio de Janeiro,
nas oficinas da Stamppa Gráfica & Editora,
especialmente para Ibis Libris.
O tipo usado no texto foi
AGaramond 12/14.
O papel do miolo é Pólen Bold 90g/m2
E o da capa, cartão Supremo Quartz 250g/m2.
Edição de 1.000 exemplares.